EDAF

MADRID - MÉXICO - BUENOS AIRES - SAN JUAN

H. P. LOVECRAFT

MÁS ALLÁ
DE LOS EONES
Y OTROS ESCRITOS

Introducción de
ALBERTO SANTOS CASTILLO

BIBLIOTECA H. P. LOVECRAFT

© De la traducción:
JOSÉ A. ÁLVARO GARRIDO

Asesor literario:
ALBERTO SANTOS CASTILLO

© 2002. De esta edición, Editorial EDAF, S. A.

Editorial Edaf, S. A.
Jorge Juan, 30. 28001 Madrid
http://www.edaf.net
edaf@edaf.net

Edaf y Morales, S. A.
Oriente, 180, n.º 279. Colonia Moctezuma, 2da. Sec.
15530 México D. F.
http://www.edaf-y-morales.com.mx
edaf@edaf-y-morales.com.mx

Edaf del Plata, S. A.
Lavalle, 1646, 7.º, oficina 21
1048 Buenos Aires, Argentina
edafal1@interar.com.ar

Edaf Antillas, Inc.
Av. J. T. Piñero, 1594
Caparra Terrace
San Juan, P. Rico (00921-1413)
forza@coqui.net

Mayo 2002

Depósito legal: M. 20.513-2002
I.S.B.N.: 84-414-1110-7

PRINTED IN SPAIN   IMPRESO EN ESPAÑA

ANZOS, S. L. - Pol. Ind. Cordel de la Carrera - Fuenlabrada (Madrid)

Índice

RELATOS FANTÁSTICOS

POEMAS EN PROSA

NARRACIONES LITERARIAS

RELATOS SATÍRICOS

PRIMEROS RELATOS

Introducción

TODO LO BUENO *llega a su final. En tus manos tienes, querido lector, la última antología de relatos y escritos narrativos del autor de Providence. Y, como suele acontecer, los finales tienen que ver con los inicios, en este caso, de la Biblioteca H. P. Lovecraft.*

En el año 1991 aparecía La noche del océano y otros escritos inéditos, *publicado por esta misma editorial, con el afán de sacar a la luz ciertos escritos desconocidos para el lector de lengua castellana. En el mencionado libro se hacía un repaso de algunas colaboraciones del autor no recopiladas en anteriores antologías, así como cartas narrativas, relatos satíricos, poemas y varios artículos.*

La presente recopilación, Más allá de los eones y otros escritos, *incide en el hecho de publicar los últimos cuentos que aún quedaban por aparecer en nuestro idioma, en general atípicos dentro de la producción de Lovecraft, pero muy interesantes para llegar a comprender la figura del escritor de Nueva Inglaterra. También hemos incluido ciertas obras que Editorial Edaf no había recogido en la mencionada Biblioteca del autor, aunque sí habían aparecido en otras casas editoriales. Es el caso de* Dos botellas negras *y* Más allá de los eones, *que quedaron fuera de* El museo de los horrores —*libro que ordenaba las colaboraciones con otros escritores*— *debido a la gran extensión del volumen.*

Esta antología la hemos dividido en cinco bloques temáticos, respetando el orden cronológico de cuando fueron elaborados los relatos en cada uno de sus apartados. Se inicia con cuatro colaboraciones y unos fragmentos descartados de La sombra sobre Innsmouth, *incluidos como mera curiosidad y verdadero afán de coleccionismo.* Dos botellas negras *fue escrito por Wilfred Blanch Talman, pero posee profusas correcciones de estilo, cambios en los diálogos y una adecuación del final, todo ello aportado por Lovecraft. Al leer este cuento de fantasmas y brujería, queda evidente la ominosa atmósfera claramente lovecraftiana.* Más allá de los eones *es el cuento estrella de la antología, al ser una historia en el mejor estilo del autor, perteneciente, además, a los mitos de Cthulhu. Fue escrito por H. P. Lovecraft a partir de una idea o esbozo somero de Hazel Heald, y nos narra la historia mítica de T'yog, sumo sacerdote de Shub-Niggurath, en su hazaña contra el blasfemo dios de Yuggoth, Ghatanothoa. Son curiosas las menciones del místico de Nueva Orleans, Etienne-Laurent de Marigny, y del ocultista Swami Chandraputra —álter ego del soñador Randolph Carter—, personajes que aparecen por primera vez en* A través de las puertas de la llave de plata *(en* La sombra sobre Innsmouth *y otros relatos terroríficos, también en Ed. Edaf), así como del libro maldito* Cultos indescriptibles, *de Von Junzt, en homenaje a Robert E. Howard, el autor de las historias de Conan el Bárbaro, que también aportó sus propios dioses y grimorios maléficos a la mitología de Cthulhu.*

Las dos colaboraciones que cierran la primera parte de esta antología son: Cosmos en colapso, *una rareza humorística de ciencia-ficción que quedó inacabada, escrita en la casa de Florida de*

R. H. Barlow, en una de las visitas de Lovecraft, y El desafío del espacio exterior, con C. L. Moore, A. Merritt, R. E. Howard y F. Belknap Long. Cuenta L. Sprague de Camp, en su biografía sobre H. P. L., cómo en 1935 un aficionado, Julius Schwartz, publicaba el fanzine The Fantasy Magazine, y se le ocurrió la idea de encargar un relato en colaboración. Moore inició la historia, Belknap Long la continuó, pero al llegar a las manos de Merritt, este exigió que se eliminara el trabajo de Long por haberse desviado demasiado de la trama. Schwartz, considerando el prestigio de Merritt como gran escritor de relatos y novelas en las revistas populares de la época (pulps), accedió a la propuesta. Lovecraft retomó la tercera parte de la historia, creando el esqueleto y la trama definitiva. Howard dio un giro hacia sus obsesiones bárbaras, convirtiendo al personaje en un héroe guerrero. Long volvió al proyecto y finalizó la colaboración haciendo enloquecer al protagonista, que termina muriendo al no poder soportar su transmutación en engendro extraterrestre. Como en este volumen se comprobará, la parte de Lovecraft es en sí misma una historia independiente, y como tal puede leerse en esta antología. La mención a una raza extraterrestre, semejante a los Antiguos (Las montañas de la locura, en El que susurra en la oscuridad, Ed. Edaf) y a la Gran Raza de Yith (La sombra más allá del tiempo, en El que acecha en la oscuridad y otros cuentos de los Mitos de Cthulhu, Ed. Edaf) es un aliciente para leer con gusto este relato.

El siguiente apartado recoge los cuatro únicos poemas en prosa que escribió el autor. Son fantasías oníricas que se leen con el gusto de relatos breves y que poseen una imaginación desbordante y colorista. Memoria está influenciado por fantasías cortas de Edgar Allan Poe como La conversación de Eiros y Chamion; Nyarlathotep se inspira en un sueño del propio Lovecraft y nos ofrece una visión apocalíptica de la humanidad de la mano del *Mensajero de los Dioses del caos,* trasunto del anticristo cristiano; *Ex Oblivione* subraya esa visión del escritor de refugiarse en los sueños frente a la vida real, y de esta forma el personaje del poema busca la añorada Puerta de Bronce que lo conducirá hacia la gloria de lo imposible.

Esta temática planea sobre todos sus cuentos oníricos, pero podrían destacarse Celephaïs y La búsqueda de Iranon *(en* El intruso *y otros cuentos fantásticos,* Ed. Edaf*). Finalmente,* Lo que nos trae la Luna *narra la mutación del mundo hacia la noche, con un estilo verdaderamente siniestro y con los recursos de la poesía simbolista.*

Con el epígrafe de Narraciones literarias *he denominado a dos piezas verdaderamente atípicas en la producción del autor. Realmente se trata de dos crónicas narradas, la primera de ellas,* Una reminiscencia del doctor Samuel Johnson, *versa sobre el ambiente literario del siglo* XVIII *y mantiene un tono narrativo propio de la época. El único elemento fantástico es la pervivencia del protagonista a través de los siglos como testigo de excepción de una era tan amada por Lovecraft. Por otra parte,* Ibid *ataca sin consideración la pomposidad de los textos académicos sobre Historia, y es el propio desarrollo de crónica especulativa lo que lo hace delirantemente fantástico. Así conocemos la vida de Ibid, poeta romano y profesor de retórica, convertido en militar a las órdenes del conde Belisario por azares del destino, y cómo sus restos van atravesando las eras y su cráneo llega a ser la copa ceremonial de la unción de Carlomagno por el papa León, hasta ser declarado santo por Guillermo el Conquistador y llevado a la Nueva Inglaterra patria, después de recorrer las edades y los continentes. El tono narrativo de esta pieza se ceba contra lo erudito, y el aparente estilo académico refuerza la mofa y la carcajada.*

Continuando con lo expuesto anteriormente, el siguiente apartado, Relatos satíricos, *refuerza un hecho siempre evidente en el es-*

critor, pese a la extrañeza de muchos lectores que han considerado únicamente el mito de un Lovecraft oscuro, un recluso perseguido por sus obsesiones. La sátira y el humor en el autor de Providence recorre toda su literatura, aunque es más llamativo en sus ensayos y correspondencia. Sus cuentos de terror están salpicados de descripciones absolutamente paródicas, y a veces lo monstruoso llega a ser tan innominado que produce el efecto de la risa. El primero de los relatos de este apartado es El Viejo Bugs, que fue escrito para disfrute de su amigo Alfred Galpin. En el cuento, el propio autor juega y parodia su propia moralidad en torno a la prohibición del consumo libre de alcohol y drogas, como si él mismo no se hubiera tomado nunca muy en serio sus convicciones. Por otra parte, La dulce Ermengarde asesta una puñalada rocambolesca a la clase social de rancio abolengo de Nueva Inglaterra, que, como su familia, estaba más pendiente de las convenciones que de los hechos. El mismo Lovecraft vivió toda su vida con el ideal del caballero anglosajón a sus espaldas, pero su propia pose diletante y su autodidactismo le hicieron partícipe de una ironía devastadora. Para quien quiera ahondar en esta faceta del autor, recomiendo la broma que dedicó a sus amigos y colegas: La batalla que dio fin al siglo (en La noche del océano y otros escritos inéditos, Ed. Edaf).

Por último llegamos a los Primeros relatos, escritos infantiles que el autor elaboró entre los siete y los doce años. La infancia de Lovecraft estuvo marcada por la precocidad de un autodidactismo que le sirvió de refugio frente a los conflictos familiares y, sobre todo, a la asfixiante relación con su madre. Sus ansias de saber nunca fueron guiadas, si acaso su abuelo, Whipple Phillips, le brindó un acercamiento a su biblioteca, pero más como un maestro librepensador que como un pariente estricto y normativo. Estos cuatro cuentos suponen su iniciación en el oficio de escritor, y de editor, porque él mismo los *imprimió y encuadernó a mano en su imprenta de juguete. A los dieciocho años, Lovecraft destruiría toda su producción anterior, rescatando su madre estos que tienes en tus manos. Desde la broma de* La botellita de cristal *llegamos a* La cueva secreta, *escrito cuando tenía ocho años y habiendo descubierto a Poe. La historia cuenta cómo dos hermanitos descubren un largo pasadizo en el sótano de su casa. El corredor los lleva a una cueva secreta y a un inmenso lago, donde encuentran un tesoro. Al tratar de escapar, muere la hermanita, y el niño se lamenta, al final de la historia, de que los 10.000 dolares del tesoro van a hacer bien a su familia pero no podrán devolver la vida a su hermana. Ciertos detalles del cuento se relacionan con hechos de la vida del autor, como la muerte de su padre, Winfield Scott Lovecraft, ese mismo año de 1898, y la herencia dejada por este, la misma cantidad que aparece en el relato. Años antes nuestro autor se había negado a seguir llevando las ropas de niña que su madre, Sarah «Susie» Phillips, le obligaba a ponerse. Parece como si el dinero dejado por su progenitor hubiera hecho inevitable la muerte de la niña-Lovecraft que deseaba la madre.*

El misterio del cementerio *es una broma folletinesca de intriga que antecede a la sátira* La dulce Ermengarde, *y es la primera vez en que aparecen ciertos ambientes misteriosos reiterados por el autor en su obra: los subterraneos, las criptas, los sótanos y los túneles; como sucede con* El buque misterioso, *donde la fascinación del autor por los ambientes polares se personifica en la mención de la Tierra de Ningún-Hombre, lugar en el desierto de hielo, y anticipo de esos horrores impresos en su cuento* En las montañas de la locura *(en* El que susurra en la oscuridad, *Ed. Edaf).*

La antología que tienes en tus manos, querido lector, puede que no sea lo más granado en la obra de Howard Phillips Lovecraft, pero el interés por una personalidad insegura y contradictoria que revolu-

cionó el cuento moderno de terror, bien merece ahondar en las diferentes facetas de su obra y de su vida. Porque frente al personaje recluido en su casa de Providence, amante de las mohosas convenciones puritanas, se coloca otro, amante de la amistad, irónico hasta el paroxismo y un espíritu librepensador que siempre quiso llevar a cabo todo aquello que deseaba.

ALBERTO SANTOS

RELATOS FANTÁSTICOS

Dos botellas negras *

ENTRE los pocos habitantes que quedan aún en Daalbergen, ese villorrio decadente de las montañas Ra-
mapo, los hay que creen que mi tío, el anciano reverendo
Vanderhoof, no está realmente muerto. Algunos de ellos sus-
tentan la idea que se encuentra suspendido en algún lugar
entre el cielo y el infierno, por culpa de la maldición del
viejo sacristán. De no haber sido por ese viejo hechicero,
quizá estuviera aún lanzando sus sermones en la pequeña y
húmeda iglesia de más allá del páramo.

Y, tras lo que me ocurrió a mí en Daalbergen, casi estoy
tentado de creer lo mismo que los aldeanos. No estoy seguro
de que mi tío esté muerto, pero de lo que tengo la completa
certeza es de que no se encuentra, al menos vivo, en este
mundo. No hay duda alguna de que el viejo sacristán lo en-
terró, pero ahora no se encuentra en su tumba. Puedo casi

---

* Título original: *Two Black Bottles* (julio-octubre de 1926). Colaboración con Wilfred Blanch Talman. Publicado por primera vez en la revista *Weird Tales* (agosto de 1927) solo con el nombre de Talman.

19

sentir su presencia detrás de mí, mientras escribo, empujándome a contar la verdad acerca de esos extraños sucesos que tuvieron lugar en Daalbergen hace tantos años.

Llegué a Daalbergen el 4 de octubre, en respuesta a una llamada. La carta procedía de un antiguo miembro de la congregación de mi tío, y me informaba de que el anciano había fallecido, así como que existían unos pocos bienes de los que yo, como único pariente vivo, era el heredero. Llegué a aquella población pequeña y aislada después de una fatigosa sucesión de cambios de ferrocarriles, para dirigirme al colmado de Mark Haines, que había sido quien me había escrito aquella carta; y este, después de llevarme a una habitación zaguera y mal ventilada, me contó una historia de lo más curiosa, tocante a la muerte del reverendo Vanderhoof.

—Tengo que tener cuidado, Hoffman —me dijo Haines—, cada vez que me encuentro con ese viejo sacristán, Abel Foster. Tiene un pacto con el diablo, tan seguro como que hay Dios. Hará unas dos semanas, Sam Pryor, cuando pasó por el viejo cementerio, le escuchó hablar por lo bajo con los muertos. Seguro que era él, y Sam podría jurar que una voz de algún tipo le respondía: una especie de media voz, profunda y apagada, como si viniera de debajo de la tierra. Había otras voces, según dice, y pudo verlo parado junto a la tumba del viejo reverendo Slott... junto al muro de la iglesia... y agitaba las manos y hablaba con el musgo de la lápida como si pensase que era el viejo reverendo en persona.

El viejo Foster, según me dijo Haines, había llegado a Daalbergen hacía unos diez años, y Vanderhoof lo había contratado de inmediato para que cuidase de la húmeda iglesia de piedra en la que la mayor parte de los aldeanos rendían culto. Nadie, excepto Vanderhoof, parecía tenerle simpatía, ya que su sola presencia provocaba el desasosiego. A veces se quedaba junto a la puerta cuando la gente acudía a la iglesia, y los hombres devolvían con frialdad sus serviles zalamerías, en tanto que las mujeres se apresuraban, recogiéndose las faldas para evitar que lo rozasen. Entre semana, se le podía ver cortando la hierba del cementerio y atendiendo las flores de las tumbas, y de vez en cuando canturreando y murmurando para sus adentros. Y pocos fueron los que no se dieron cuenta de la especial atención que prestaba a la tumba del reverendo Guilliam Slott, el primer pastor de la iglesia en 1701.

Poco después de la llegada de Foster a la aldea comenzó a gestarse el desastre. Primero fue el cierre de la mina de la montaña, en la que trabajaba la mayor parte de los hombres. La veta de hierro se agotó y casi todo el mundo se marchó a poblaciones más prósperas, mientras que aquellos que tenían tierras en la vecindad se convirtieron en granjeros y se las ingeniaron para arrancar un magro sustento a esas laderas rocosas. Luego llegaron los problemas en la iglesia. Se murmuraba que el reverendo Johannes Vanderhoof había hecho un pacto con el diablo y que estaba difundiendo sus prédicas en casa del Señor. Sus sermones se habían convertido en extraños y grotescos… impregnados de cosas siniestras de las cuales la sencilla gente de Daalbergen nada sabía. Los transportaba, cruzando edades de miedo y superstición, hasta regiones de espíritus odiosos e invisibles, y poblaba sus imaginaciones con gules nocturnos. Uno a uno, la gente fue dejando la congregación, mientras que los ancianos y los diáconos pedían en vano a Vanderhoof que cambiase el tema de sus sermones. Aunque, de continuo, el anciano prometía hacerlo así, parecía atado a algún poder más fuerte que lo obligaba a cumplir su voluntad.

Un gigante en estatura, Johannes Vanderhoof era bien conocido como hombre débil y timorato, pero incluso con la amenaza de expulsión pendiente de su cabeza continuó con sus fantasmales sermones, hasta que apenas un puñado de personas acudió a escuchar sus pláticas del domingo por la mañana. Debido a las precarias finanzas, era imposible buscar un nuevo pastor, y al cabo de no mucho tiempo ningún aldeano osaba acercarse a la iglesia o a la casa parroquial adjunta. Sobre todo aquello pendía el temor a los espectros con los que, al parecer, Vanderhoof tenía tratos.

Mi tío, al decir de Mark Haines, había seguido viviendo en la casa parroquial debido a que nadie tenía el valor suficiente para decirle que se marchase. Nadie volvió a verlo, pero se distinguían luces en la casa parroquial por la noche, e incluso había atisbos de las mismas en la iglesia, de tarde en tarde. Se murmuraba en la población que Vanderhoof predicaba regularmente en la iglesia, todos los domingos por la mañana, indiferente al hecho de que su congregación ya no estuviera ahí para escuchar. A su lado solo se mantenía el viejo sacristán, que vivía en el sótano de la iglesia, para cuidarlo, y Foster hacía una visita semanal a lo poco que quedaba de la parte comercial del pueblo, para comprar provisiones. Ya no se inclinaba servilmente ante la gente con la que se cruzada, y en vez de ello parecía albergar un odio demoniaco y mal disimulado. No hablaba con nadie, excepto lo justo para hacer sus compras, y, cuando pasaba por la calle con su bastón golpeteando las desiguales aceras, lanzaba a izquierda y derecha miradas malignas. Encorvado y marchito debido a una edad avanzada, cualquiera que estuviese cerca de él podía sentir su presencia; y tan poderosa era su personalidad, según decían las gentes del pueblo, que había hecho a Vanderhoof aceptar la tutela del diablo. No había nadie en Daalbergen que dudase que Abel Foster era la causa última de toda la mala suerte del pueblo, pero nadie osaba alzar un dedo contra él, o siquiera pasar a su lado sin un escalofrío de miedo. Su nombre, al igual que el de Vanderhoof, no se pronunciaba siquiera en voz alta. Cada vez que se mencionaba a la iglesia del otro lado del baldío, se hacía en susurros; y si la conversación tenía lugar por la noche, el susurro iba acompañado de miradas por encima del hombro, para asegurarse de que nada informe o siniestro salía reptando de la oscuridad para espiar esas palabras.

El cementerio se mantenía tan verde y hermoso como cuando la iglesia estaba en funcionamiento, y las flores cercanas a las tumbas del camposanto eran atendidas tan cuidadosamente como en tiempos pasados. Veían ocasionalmente al viejo sacristán, trabajando allí, como si aún le pagasen por ello, y aquellos que osaban pasar lo suficientemente cerca decían que mantenía conversación fluida con el demonio y con aquellos espíritus que medraban dentro de los muros del cementerio.

Una mañana, me dijo Haines, vieron cómo Foster cavaba una fosa, allí donde el campanario de la iglesia lanzaba su sombra por la tarde, antes de que el sol desapareciera tras la montaña y dejase a toda la aldea en un semicrepúsculo. Más tarde, la campana de la iglesia, silenciosa durante meses, resonó solemnemente durante media hora. Y, al ocaso, aquellos que observaban desde lejos, pudieron ver cómo Foster sacaba un ataúd de la casa parroquial en una carretilla, depositarlo en la fosa con escasa ceremonia y recubrir el agujero con la tierra.

El sacristán acudió al pueblo al día siguiente antes de su habitual viaje semanal y de mucho mejor humor de lo que era habitual. Parecía dispuesto a la charla, e insistió en que Vanderhoof había muerto el día anterior, y que lo había enterrado junto a la tumba del reverendo Slott, cerca del muro de la iglesia. Sonreía de vez en cuando, y agitaba las manos presa de un júbilo inexplicable y fuera de lugar. Estaba claro que la muerte de Vanderhoof le producía una alegría perversa y diabólica. Los aldeanos se percataron de un algo extraño y añadido en su presencia, y lo evitaron cuanto pudieron. Habiendo muerto Vanderhoof, se sentían aún más inseguros que antes, ya que el viejo sacristán tenía ahora las manos libres para lanzar los peores hechizos contra la aldea desde la iglesia, cruzando el pantano. Musitando algo en un idioma que nadie pudo entender, Foster se volvió por el camino que cruzaba el baldío.

Fue entonces, al parecer, cuando Mark Haines recordó haber oído hablar al reverendo Vanderhoof de mí, su sobrino. En consecuencia, Haines me envió recado, esperando que pudiera saber algo que arrojase luz sobre el misterio de los últimos años de mi tío. Le aseguré, sin embargo, que yo no sabía nada de mi tío o su pasado, excepto que mi madre lo describía como un gigante con poco valor y voluntad.

Habiendo escuchado cuanto Haines tenía que decirme, enderecé mi silla y eché un vistazo a mi reloj. Era ya tarde avanzada.

—¿A cuánto está la iglesia de aquí? —pregunté—. ¿Cree que podría llegar antes de que oscureciera?

—¡Seguro, hombre, que no piensa ir allí en plena noche! ¡Ese no es un buen lugar! —el viejo tembló perceptiblemente con todo su cuerpo y medio se alzó de su silla, tendiendo una mano flaca, como para detenerme—. ¡Ni se le ocurra! ¡Sería una locura! —exclamó.

Me reí de sus miedos y le dije que, ya que estaba allí, pensaba encontrarme con el viejo sacristán esa misma tarde y sacarle toda la información cuanto antes. No estaba dispuesto a aceptar como verdades las supersticiones de paletos ignorantes; por lo que estaba seguro de que todo lo que acababa de oír no se debía más que a una concatenación de sucesos que la exuberante imaginación de la gente de Daalbergen había ligado con su mala suerte. No sufría de ninguna sensación de miedo u horror al respecto.

Viendo que estaba decidido a ir a casa de mi tío antes de que cayese la noche, Haines me condujo fuera de su oficina y, con renuencia, me dio el puñado de instrucciones necesarias, rogándome de vez en cuando que cambiase de intenciones. Me estrechó la mano al despedirnos, en una forma que daba a entender que no pensaba volver a verme.

—¡Cuidado con ese viejo demonio, Foster, no se fíe! —me avisaba una y otra vez—. Yo no me acercaría a él tras anochecer ni por todo el oro del mundo. ¡No, señor! —volvió a entrar en su almacén, agitando con solemnidad la cabeza, mientras yo cogía una carretera que llevaba a las afueras de la población.

Tuve que caminar apenas un par de minutos para poder ver el baldío del que me había hablado Haines. La carretera, flanqueada por vallas pintadas de blanco, cruzaba aquel gran páramo, que estaba cubierto de agrupaciones de malezas que hundían sus raíces en el húmedo y viscoso cieno. Un olor a muerte y podredumbre colmaba los aires, e incluso a la luz de la tarde se podían ver unos cuantos retazos de vapor que se alzaban del insalubre terreno.

Al otro lado del pantano, giré a la izquierda, tal y como me habían indicado, apartándome del camino principal. Había algunas casas por allí, según pude ver; casas que apenas eran otra cosa que chozas, reflejando la extrema pobreza de sus dueños. El camino pasaba bajo las festoneadas ramas de enormes sauces que ocultaban casi por completo los rayos del sol. Los olores miasmáticos del pantano infectaban aún mis fosas nasales, y el aire era húmedo y frío. Apreté el paso para abandonar aquel tétrico pasaje cuanto antes.

Y de repente salí de nuevo a la luz. El sol, que ahora pendía como una bola roja sobre la cima de la montaña, estaba ya muy bajo y allí, a alguna distancia adelante, bañada en el resplandor ensangrentado, se alzaba la solitaria iglesia. Comencé a sentir el desasosiego del que hablaba Haines; ese sentimiento de miedo que hacía que todo Daalbergen rehuyera el lugar. La masa achaparrada y pétrea de la propia iglesia, con su romo campanario, parecía un ídolo al que adorasen las estelas de tumbas que la rodeaban, ya que cada una remataba en un borde redondeado que recordaba las espaldas de una persona arrodillada, mientras que, sobre todo el conjunto, la casa parroquial, sórdida y gris, se agazapaba como una aparición.

Reconozco haber aminorado el paso un poco ante tal escena. El sol estaba desapareciendo con rapidez tras la montaña y el aire húmedo me hacía estremecer. Envolviéndome el cuello con el pañuelo, seguí adelante. Algo captó mi atención, haciendo que mirase de nuevo. En las sombras del muro de la iglesia se distinguía algo blanco... algo que no parecía tener forma definida. Forzando la vista según me iba acercando, vi que era una cruz de madera muy nueva que coronaba un túmulo de tierra recién removida. Ese descubrimiento me provocó un nuevo escalofrío. Comprendí que se trataba de la tumba de mi tío, pero algo me dijo que no era semejante al resto de las fosas cercanas. No parecía una tumba *muerta*. De alguna forma intangible, parecía viva, si es que a una tumba se la puede catalogar de viva. Muy cerca de ella, según vi cuando estuve más cerca, había otra tumba, un viejo montículo con una piedra desmigajada encima. La tumba del reverendo Slott, pensé, al recordar lo que me había contado Haines.

No había señales de vida por allí. En el semicrepúsculo, subí la loma baja, sobre la que se alzaba la casa parroquial, y aporreé la puerta. No obtuve respuesta. Circundé la casa y espié a través de las ventanas. El lugar entero parecía abandonado.

Las bajas montañas habían hecho que la noche cayese con descorazonadora rapidez, apenas se ocultó el sol. Comprendía que apenas iba a poder ver a más de unos pocos metros por delante. Caminando con cuidado, giré en una de las esquinas de la casa y me detuve, preguntándome qué hacer a continuación.

Todo estaba en calma. No había ni un soplo de viento, ni tampoco los ruidos habituales que producen los animales en sus merodeos nocturnos. Había olvidado por un momento los miedos, pero todas las aprensiones volvieron por culpa de aquella calma sepulcral. Me imaginé el aire poblado por temibles espíritus que se agolpaban a mi alrededor, haciendo el aire casi irrespirable. Me pregunté, por enésima vez, dónde podría encontrarse el viejo sacristán.

Según estaba ahí parado, medio esperando que algún siniestro demonio surgiera de las sombras, me percaté de la existencia de dos ventanas iluminadas en el campanario de la iglesia. Fue entonces cuando recordé que Haines me había dicho que Foster vivía en el sótano del edificio. Avancé con precaución en la negrura, hasta encontrar, en la iglesia, una puerta lateral entreabierta.

El interior estaba lleno de un olor rancio y mohoso. Todo cuanto tocaba estaba cubierto de una suciedad fría y húmeda. Encendí una cerilla y comencé a explorar en busca de cómo, si es que tal cosa era posible, llegar al campanario. De repente, me detuve.

Un retazo de canción, alta y obscena, entonada por una voz que el alcohol trocaba en gutural y grave, me llegó desde más adelante. La cerilla me quemó los dedos y la dejé caer. Dos puntos de luz surgieron en la oscuridad del muro más lejano de la iglesia y, bajo ellos, en un lado, pude ver una puerta que se perfilaba gracias a la luz que salía por debajo. La canción se detuvo de forma tan abrupta como había comenzado, y de nuevo reinó el silencio más completo. El corazón me martilleaba y la sangre golpeteaba en mis sienes. De no haber quedado petrificado por el miedo, hubiera salido corriendo de inmediato.

Sin ni siquiera encender otra cerilla, fui tanteando entre los bancos hasta llegar a la puerta. Tan hondo era el sentimiento de aprensión que me asaltaba que sentía como si estuviese en un sueño. Mis actos eran casi involuntarios.

La puerta estaba cerrada, como bien pude comprobar al girar el picaporte. Aporreé durante algún tiempo, sin encontrar respuesta alguna. El silencio era tan completo como antes. Tanteando por el borde de la puerta, di con los goznes, saqué los pasadores e hice que la puerta se venciera hacia mí. Una luz tenue llegaba de un empinado tramo de peldaños. Había un abrumador olor a güisqui. Ahora pude oír a alguien que se movía en la habitación de la torre, situada arriba. Cuando aventuré un bajo «hola», creí recibir un graznido en respuesta y, con cautela, ascendí por las escaleras.

Mi primera visión de ese lugar impío fue, de hecho, bastante impactante. Por toda la pequeña habitación había libros y manuscritos, viejos y polvorientos... objetos extraños de una edad casi increíble. En las baldas de estantes que llegaban hasta el techo había cosas horribles en jarras y botellas de cristal... serpientes, lagartos y murciélagos. El polvo, el moho y las telarañas lo cubrían todo. En el centro, detrás de una mesa sobre la que había una vela encendida, una botella de güisqui casi vacía y un vaso, se encontraba una figura inmóvil de rostro flaco, demacrado y consumido, con ojos salvajes que miraban al vacío. Reconocí a Abel Foster, el viejo sacristán, al instante. No se movió ni habló mientras yo me acercaba lenta y temerosamente.

—¿Señor Foster? —pregunté, temblando de miedo incontrolable cuando escuché los ecos de mi voz resonando en aquel cuarto. No recibí respuesta, y la figura detrás de la mesa no se movió. Me pregunté si no estaría bebido hasta la insensibilidad, y fui hasta la mesa para sacudirlo.

Pero al simple toque de mi brazo en su hombro, el extraño anciano dio un bote en su silla, como si hubiera recibido un susto de muerte. Sus ojos, que hasta entonces habían estado mirando al vacío, se clavaron en mí. Agitando los brazos como mayales, retrocedió.

—¡No! —gritaba—. ¡No me toques! ¡Atrás! ¡Atrás!

Vi que estaba borracho, así como atenazado por algún tipo de terror indescriptible. Usando un tono calmado, le dije quién era y a lo que había ido. Pareció entender difusamente y se desplomó en su silla, para quedarse sentado flácido e inmóvil.

—Creí que era él —murmuró—. Pensé que era él que había vuelto. Está tratando de hacerlo... tratando de salir desde que lo metí ahí dentro —su voz se alzó de nuevo hasta convertirse en un grito, y se agazapó en la silla—. ¡Quizá ya haya logrado salir! ¡Quizá está fuera!

Miré a mi alrededor, casi esperando que alguna forma espectral subiese por las escaleras.

—¿Quién puede estar fuera? —pregunté.

—¡Vanderhoof! —aulló—. ¡La cruz de su tumba se cae por las noches! Cada mañana la tierra aparece removida y resulta más difícil mantenerla dentro. Va a escaparse y no puedo hacer nada para evitarlo.

Obligándolo a volver a la silla, me senté en una caja cercana. Temblaba presa de un terror mortal, y la saliva le goteaba por las comisuras de la boca. De vez en cuando, yo mismo sentía esa sensación de horror que Haines me había descrito al hablar del viejo sacristán. La verdad es que había algo inquietante en aquel tipo. La cabeza se le había ahora vencido sobre el pecho, y parecía más calmado, mientras musitaba para sí mismo.

Me levanté despacio y abrí una ventana para que los vapores del güisqui y el hedor mohoso de la muerte se despejaran. La luz de una difusa luna, que acababa de salir, hacía los objetos de fuera levemente visibles. Podía ver la tumba del reverendo Vanderhoof desde mi lugar en el campanario, y parpadeé al mirar. ¡Esa cruz estaba ladeada! Recordaba que estaba en posición vertical hacía una hora. El miedo me asaltó de nuevo. Me giré con rapidez. Foster estaba sentado en su silla, observándome. Su mirada era más cuerda que hacía un rato.

—Así que usted es el sobrino de Vanderhoof —murmuró con voz nasal—. Bueno, entonces tiene derecho a saberlo todo. Volverá dentro de no mucho a buscarme... no tardará más que lo que le cueste salir de la tumba. Así que se lo voy a contar todo.

Parecía haberse librado del terror. Era como si se hubiese resignado a sufrir alguna especie de destino horrible que podía alcanzarlo en cualquier momento. Su cabeza se venció sobre el pecho de nuevo y comenzó a musitar con voz monótona y nasal.

—¿Ve todos esos papeles y libros? Bueno, pertenecieron en un tiempo al reverendo Slott... el reverendo Slott, que lo fue de esta parroquia en otro tiempo. Y hacía magia con todas estas cosas... magia negra, que el viejo reverendo aprendió antes de venir a este país. Solían quemar y asar en aceite hirviendo a la gente como él, según dicen. Pero el viejo Slott sabía, y no se lo contaba a nadie. No, señor, Slott predicaba aquí hace generaciones, y luego venía aquí arriba a estudiar en esos libros, y a utilizar esos seres muertos de las jarras y lanzar maldiciones, y cosas así, pero se las arregló para que nadie se enterase. No, nadie sabía de sus actividades, aparte del reverendo Slott y yo mismo.

—¿Usted? —barboté, inclinándome sobre la mesa, en dirección a él.

—Sí, yo lo supe más tarde —su rostro mostró líneas de malicia al responderme—. Encontré todo esto aquí, cuando vine a ocupar plaza de sacristán de la iglesia, y me acostumbré a leer cuando no estaba ocupado. No tardé en saberlo todo.

El viejo hablaba en forma monótona, y yo lo escuchaba hechizado. Me contó cómo había aprendido las difíciles fórmulas de la demonología, por lo que, mediante encantamientos, había podido lanzar hechizos contra los seres humanos. Había realizado horribles rituales ocultos de ese credo infernal, lanzando la maldición sobre el pueblo y sus habitantes. Enloquecido de ambición, había tratado de colocar a la iglesia bajo su poder, pero la fuerza de Dios era demasiado fuerte. Al descubrir lo débil de carácter que era Johannes Vanderhoof, lo hechizó, de forma que lanzase sermones místicos y extraños que llenaban de temor las almas simples de la gente de campo. Desde su cubil en el campanario, según me dijo, oculto tras unas pinturas de las tentaciones de Cristo, que adornaban el muro zaguero de la iglesia, podía contemplar a Vanderhoof mientras predicaba, gracias a unos agujeros situados justo en los ojos del Diablo de la pintura. Aterrorizados por los sucesos extraordinarios que les acontecían, los miembros de la congregación fueron desertando uno tras otro, y Foster se encontró con las manos libres para hacer lo que quisiera con la iglesia y con Vanderhoof.

—¿Y qué es lo que le hizo? —le pregunté con voz profunda, aprovechando una pausa en la confesión del viejo sacristán.

Estalló en un espasmo de risa, echando atrás la cabeza con regocijo de borracho.

—¡Le arrebaté el alma! —aulló en un tono que me hizo temblar—. Me apoderé de su alma y la puse en una botella... ¡una botellita negra! ¡Y lo enterré! ¡Pero le falta el alma y no puede ir ni al cielo ni al infierno! Y va a volver a buscarla. Está tratando de salir, en estos mismos momentos, de su tumba. ¡Puedo oír cómo se abre camino a través de la tierra, sin descanso!

Según el viejo había avanzado en su relato, yo me había ido convenciendo de que debía estar contándome la verdad, y que todo aquello era algo más que divagaciones de borracho. Hasta el último de los detalles concordaba con lo dicho por Haines. Mientras el viejo brujo estallaba en risas demoniacas, me sentí tentado de lanzarme por las estrechas escaleras y escapar de esa vecindad condenada. Para calmarme, me puse en pie y miré de nuevo por la ventana. Los ojos casi se me salieron de las órbitas cuando vi que la cruz sobre la tumba de Vanderhoof se había vencido de forma perceptible desde la última vez que la contemplara. ¡Se inclinaba ahora en un ángulo que llegaba a los cuarenta y cinco grados!

—¿No podríamos desenterrar a Vanderhoof y devolverle el alma? —pregunté casi sin aliento, presintiendo que había que hacer algo a toda prisa.

Pero el viejo se levantó de su silla, lleno de terror.

—¡No, no, no! —chilló—. ¡Me matará! He olvidado la fórmula y, si sale, estará vivo y sin alma. ¡Nos matará a los dos!

—¿Dónde está la botella que contiene su alma? —inquirí, avanzado amenazadoramente hacia él. Sentí que iba a tener lugar un suceso fantasmal, por lo que debía hacer todo lo posible para evitarlo.

—¡No pienso decírtelo, jovenzuelo! —graznó. Sentí, más que ver, una extraña luz en sus ojos mientras retrocedía hacia una esquina—. ¡Y no me toques, o de veras que lo lamentarás!

Di un paso adelante, percatándome de que en un taburete bajo, situado a su espalda. Foster musitó algunas curiosas palabras con una voz baja y cantarina. Todo comenzó a volverse gris ante mis ojos, y fue como si me estuvieran arrancando algo del interior, tratando de sacarlo por mi garganta. Sentí que me flaqueaban las piernas.

Abalanzándome, agarré al viejo sacristán por el gaznate y con mi mano libre toqué las botellas del taburete. Pero el anciano cayó hacia atrás, golpeando el taburete, y una de las botellas cayó, mientras que yo conseguí agarrar la otra. Hubo un estallido de llama azul y un olor sulfuroso llenó todo el cuarto. Del pequeño montoncito de cristal surgió una humareda blanca que salió por la ventana.

—¡Maldito seas, canalla! —gritó con una voz que parecía débil y muy lejana.

Foster, al que había cogido cuando la botella se rompió, se apretó contra el muro, con una mirada más turbia y estremecida aún que antes. Su rostro, poco a poco, iba volviéndose de un negro verdoso.

—¡Madito seas! —dijo de nuevo la voz, y apenas parecía que saliese de sus labios—. ¡Estoy acabado! ¡Esa era la mía! *¡El reverendo Slott la puso ahí hace doscientos años!*

Se deslizó con rapidez hasta el suelo, mirándome con odio, con ojos que se enturbiaban con rapidez. Su carne cambió de blanco a negro, y luego a amarillo. Vi con horror que su cuerpo parecía desmoronarse y que sus ropajes caían en el vacío.

La botella que tenía en la mano estaba calentándose. La miré, espantado. Resplandecía con débil fosforescencia. Lleno de miedo, la dejé en la mesa, pero no podía apartar los ojos de ella. Hubo un ominoso momento de silencio mientras se volvía cada vez más brillante, y luego llegó hasta mis oídos, con claridad, el sonido de tierra removida. Boqueando, me acerqué a mirar a la ventana. La luna estaba ahora alta en el cielo y, gracias a su luz, pude ver que la cruz nueva situada sobre la tumba de Vanderhoof había caído del todo. De nuevo me llegó el rechinar de la grava y ya no pude controlarme por más tiempo, por lo que me lancé tambaleante por las escaleras y escapé por las puertas. Fui corriendo por el suelo desigual, cayendo de vez en cuando, lleno de abyecto terror. Cuando llegué al pie del montículo y de la entrada de ese tenebroso túnel bajo los sauces, escuché un horrible rugido a mis espaldas. Me giré y miré hacia la iglesia. Su muro reflejaba la luz de la luna y, silueteada contra el mismo, había una sombra gigante, negra y espantosa que salía de la tumba de mi tío y avanzaba torpemente hacia la iglesia.

Conté lo que había sucedido a un grupo de ciudadanos, en el almacén de Haines, a la mañana siguiente. Me percaté de que se miraban unos a otros con leves sonrisas mientras yo hablaba, pero cuando los invité a acompañarme al lugar, dieron diversas excusas para rehusar. Aunque parecía existir un límite a su credulidad, tampoco querían correr riesgos. Les dije que iría entonces solo, aunque debo confesar que tal cosa no me agradaba nada.

Al salir del almacén, un anciano de barba larga y blanca se me acercó presuroso y me tomó del brazo.

—Yo te acompañaré, chico —dijo—. Me parece que una vez escuché a mi abuelo contar algo sobre lo que le ocurrió al viejo reverendo Slott. Era un tipo raro, por lo que oí, pero Vanderhoof era aún peor.

La tumba del reverendo Vanderhoof estaba abierta y vacía cuando llegamos. Por supuesto que pudo ser obra de ladrones de tumbas, en eso convinimos ambos, pero... La botella que había dejado sobre la mesa del campanario ya no estaba, aunque sí los restos de la otra, rota, en el suelo. Y, sobre el montón de ropas caídas y cenizas amarillas que una vez fueran Abel Foster, había ciertas pisadas inmensas.

Tras echar un vistazo a algunos de los libros y papeles desparramados por la estancia del campanario, los trasladamos abajo y los quemamos, ya que eran cosas sucias e impías. Con una azada que encontramos en el sótano de la iglesia, rellenamos la tumba de Johannes Vanderhoof y, por último, arrojamos la cruz caída a las llamas.

Las viejas dicen que ahora, cuando la luna es llena, se ve pasear por el cementerio a una figura gigantesca y desconcertada que sostiene una botella y se dirige hacia algún destino olvidado.

Más allá de los eones *

(Manuscrito encontrado entre los efectos del difunto Richard H. Johnson, doctor en Filosofía, conservador del Museo Cabot de Antropología, Boston, Massachussets).

I

NO ES PROBABLE que nadie de Boston —ni tampoco ninguno de los lectores que conocieron la historia— olvide nunca aquel extraño suceso que tuvo lugar en el Museo Cabot. La publicidad que los periódicos dieron a esa momia infernal; los antiguos y terribles rumores, vagamente conectados con la misma; la morbosa oleada de interés y las actividades sectarias que tuvieron lugar durante 1932, así como el espantoso fin sufrido por dos ladrones, el primero

---

* Título original: *Out of the Aeons* (1933). Colaboración con Hazel Heald. Publicado por primera vez en la revista *Weird Tales* (abril de 1933) solo con el nombre de Heald.

de diciembre de ese mismo año, se combinaron para formar uno de esos misterios clásicos que subsisten durante generaciones en la imaginación popular, y que se convierten en el núcleo de ciclos completos de especulaciones atemorizadas.

Todo el mundo parece comprender, demasiado bien, que se suprimió alguna información, sumamente vital y demasiado espantosa, en la exposición que se hizo pública acerca del horror final. Aquellas primeras e inquietantes insinuaciones sobre las *condiciones* en que se encontraba uno de los dos cuerpos fueron, de repente, dejadas de lado e ignoradas de forma demasiado abrupta; y tampoco se informó sobre las singulares *alteraciones* sufridas por la momia con la rapidez que merecían tales cambios. También le resultó chocante al público que la momia nunca fuera devuelta a su lugar. En estos días, en que existen expertos taxidermistas, la explicación de que su deteriorada condición hacía imposible su exhibición sonó a mera excusa.

Como conservador del museo, estoy en condiciones de revelar todos los hechos que jamás se contaron, pero tal cosa no tendrá lugar mientras aún esté vivo. Hay cosas, tocantes a nuestro mundo y al universo, que es mejor que la mayoría de la gente ignore, y no he cambiado de posición respecto a lo que decidimos, en su día, entre todos aquellos —gente del museo, médicos, periodistas y policías— que nos vimos involucrados en ese horror habido en el museo. Pero, a la vez, no parece adecuado que un asunto de tanta y tan terrible importancia científica e histórica quede sin consignar; y por eso es por lo que he preparado este escrito, destinado a los investigadores serios. Lo colocaré entre los diversos documentos que serán examinados después de mi muerte, confiando su destino final a la decisión de los albaceas. Ciertas amenazas y sucesos insólitos que han tenido lugar durante las últimas semanas me llevan a creer que mi vida —así como las de los otros responsables del museo— se halla en peligro, ya que me encuentro en el punto de mira de ciertos cultos, secretos y con amplias ramificaciones, que agrupan a asiáticos, polinesios y otros devotos místicos; así que es posible que el trabajo de mis albaceas no se demore mucho. (Nota del albacea: el doctor Johnson murió de forma repentina y bastante misteriosa, de un fallo cardiaco, el 22 de abril de 1933. Wentworth Moore, taxidermista del museo, desapareció a mediados del mes anterior. El 18 de febrero del mismo año, el doctor William Minor, que supervisó una disección tocante al caso, fue apuñalado por la espalda y murió al día siguiente.)

Cabe situar el comienzo real del horror, supongo, en 1879 —mucho antes de que yo empezase a ejercer de conservador—, cuando el museo adquirió esa espantosa e inexplicable momia a la Orient Shipping Company. Su mismo descubrimiento fue monstruoso y amenazador, ya que procedía de una cripta de origen desconocido y antigüedad fabulosa, hallada en un terreno que emergió de forma repentina en el Pacífico.

El 11 de mayo de 1878, el capitán Charles Watherbee, del carguero *Eridanus*, que había zarpado de Wellington, Nueva Zelanda, rumbo a Valparaíso, Chile, avistó una isla nueva y sin cartografiar, de un origen evidentemente volcánico. Salía de forma bastante abrupta del mar, con forma de cono truncado. Un grupo de desembarco, mandado por el capitán Watherbee advirtió señales de que las rugosas laderas por las que trepaban habían estado largo tiempo bajo las aguas, mientras que en la cima había signos de una destrucción reciente, producto de un terremoto. Entre los restos dispersos había piedras masivas de forma evidentemente artificial, y un breve examen mostró la presencia de esa prehistórica y ciclópea sillería que ya se ha encontrado en ciertas islas del Pacífico, y que constituyen continuo motivo de desconcierto para los arqueólogos.

Por último, los marinos penetraron en una cripta de piedras masivas —que les pareció que había formado parte de un edificio mucho más grande y que, originalmente, debía haber estado bajo tierra— y encontraron a esa espantosa momia agazapada en uno de sus extremos. Tras un breve momento de casi pánico, provocado en parte por ciertas tallas en los muros, fue posible hacer que los hombres trasladasen la momia al barco, aunque mostraron enorme repugnancia y miedo al hecho de tener que tocarla. Cerca del cuerpo, como si otrora hubiera estado entre sus ropas, había un cilindro de un metal desconocido y que contenía un rollo de una membrana fina y de un color blanco azulado, de una naturaleza igualmente desconocida, cubierta de unos peculiares caracteres, hechos mediante un pigmento grisáceo e indeterminado. En el centro de aquella inmensa estancia de piedra había lo que parecía una trampilla, pero el grupo carecía de aparatos lo suficientemente fuertes como para abrirla.

En el Museo Cabot, entonces recién fundado, vieron los escuetos informes sobre el descubrimiento y se dieron, al punto, los pasos necesarios para comprar la momia y el cilindro. El conservador Pickman hizo, personalmente, un viaje a Valparaíso y fletó una goleta para buscar la cripta en la que se había hecho el descubrimiento, pero no pudo encontrarla.

En la posición anotada de la isla no se podía ver sino mar abierto, y los buscadores llegaron a la conclusión de que las mismas fuerzas sísmicas que habían alzado de golpe la isla, la habían arrastrado de nuevo a las profundidades acuáticas en las que había estado oculta durante eones. El secreto de esa trampilla inamovible permanecería intacto para siempre. La momia y el cilindro, en cambio, se habían salvado y la primera fue puesta en exhibición a primeros de noviembre de 1879, en la sala de momias del museo.

El Museo Cabot de Arqueología, especializado en esos restos de antiguas y desconocidas civilizaciones que no pertenecen al orbe de las artes, es una institución pequeña y poco conocida, aunque goza del mayor de los prestigios en los círculos científicos. Se encuentra en el corazón del exclusivo barrio bostoniano de Beacon Hill —en Mt. Vernon Street, cerca de Joy—, dentro de una antigua mansión privada con un ala añadida en la zaga, y era motivo de orgullo para su austera vecindad hasta que los recientes y terribles sucesos le otorgaron una notoriedad indeseable.

La sala de momias, situada en el ala oeste de la mansión original (que fue diseñada por Bulfinch y edificada en 1819), en la segunda planta, es considerada, con justicia, por parte de historiadores y antropólogos, como el asiento de la mayor colección de su género en Norteamérica. Allí se encuentran típicos ejemplos de embalsamamientos egipcios, desde los primeros especímenes de Sakkara a los últimos intentos coptos del siglo VIII; momias de otras culturas, incluyendo los especímenes prehistóricos indios recientemente encontrados en la islas Aleutianas; agonizantes figuras pompeyanas modeladas en yeso a partir de los trágicos vaciados de las cenizas que cubrían las ruinas; cuerpos momificados de forma natural en minas y otras excavaciones, procedentes de todas partes del mundo —algunas, sorprendidas por su terrible entierro, en las grotescas posturas causadas por su último y desgarrador estertor—; todo lo que, en suma, cabría esperar que hubiese. En 1879, por supuesto, era mucho más pequeña de lo que es ahora, aunque ya entonces era digna de reseñar. Pero ese estremecedor espécimen, procedente de las primigenias criptas ciclópeas de una efímera isla surgida del mar, fue siempre la principal atracción, así como el más impenetrable de sus misterios.

La momia era la de un hombre de altura regular y raza desconocida, y se encontraba en una postura agazapada de lo más peculiar. El rostro, medio oculto tras manos engarfiadas, tenía la mandíbula inferior muy adelantada, mientras que las contorsionadas facciones lucían una expresión de miedo tan espantosa que pocos espectadores podían contemplarla sin inmutarse. Los ojos estaban cerrados, con los párpados prietos sobre globos oculares que eran, al parecer, saltones y prominentes. Aún le restaban porciones de pelo y barba, y todo su cuerpo tenía una especie de color gris neutro. La textura de los restos era a medias correosa y a medias pétrea, creando un enigma insoluble para aquellos expertos que trataban de determinar cómo había sido embalsamado. En ciertas partes, el tiempo y la decadencia le habían arrancado ciertas porciones de sustancia. Jirones de una textura peculiar, con sugerencias de motivos desconocidos, aún pendían del ser.

Sería difícil decir qué hacía tan infinitamente horrible y repulsiva a la momia. Por una parte, había un sutil e indefinible sentido de ilimitada antigüedad, así como una ajenidad total, que afectaba a quien lo contemplaba, como si tuviese una visión desde el borde de un monstruoso abismo de insondable negrura; pero, sobre todo, se debía a la expresión de miedo enloquecido en esa cara contorsionada, prognata y medio oculta. Tal símbolo de miedo infinito, inhumano y cósmico no podía por menos que comunicar su emoción al observador en medio de una inquietante nube de misterio y vanas conjeturas.

Entre los pocos sibaritas que frecuentaban el Museo Cabot, esta reliquia de un mundo arcaico y olvidado adquirió pronto una fama siniestra, aunque lo apartado de la institución, así como la prudente política de la misma, impidieron que se convirtiera en una atracción popular, al estilo del Gigante de Cardiff. En el siglo pasado, la fiebre del sensacionalismo vulgar no había invadido el campo de la erudición en la forma en que ahora lo ha hecho. Por supuesto, sabios procedentes de los más diversos campos trataron, lo mejor que pudieron, de clasificar ese objeto espantoso, aunque nadie consiguió resultados. Entre los eruditos circuló un sinfín de teorías acerca de pretéritas civilizaciones del Pacífico, de las cuales las imágenes de la isla de Pascua y las sillerías megalíticas de Ponape y Nan-Matol son supuestos vestigios, y la prensa especializada dio curso a diversas y a menudo contrapuestas especulaciones sobre un posible continente primitivo cuyos picos aún sobrevivían en la miríada de islas de la Melanesia y la Polinesia. La diversidad de fechas asignadas a esa supuesta cultura —o continente— desaparecida eran a un tiempo desconcertantes y divertidas; aunque se encontraron algunas alusiones, sorprendentemente relevantes, en ciertos mitos de Tahití y otras islas.

Entre tanto, el extraño cilindro y su desconcertante rollo de jeroglíficos desconocidos, cuidadosamente conservados en la biblioteca del museo, recibían la debida atención. No parecía haber duda alguna en cuanto a su asociación con la momia; de ahí que todos comprendieran que el desentrañar su misterio podía significar, con toda seguridad, desentrañar el del estremecido horror. El cilindro, de unos diez centímetros de largo por algo más de dos de diámetro, era de un metal extrañamente iridiscente y que desafiaba por completo los análisis químicos, y que parecía no reaccionar con ningún agente. Estaba cerrado herméticamente con un tapón de la misma sustancia y llevaba grabadas imágenes de una naturaleza decorativa y quizá simbólica... diseños convencionales que parecían seguir un sistema de geometría peculiarmente extraño, paradójico y muy difícil de describir.

No menos misterioso era el pliego que albergaba... un pulcro rollo de alguna membrana fina, blancoazulada y que no se pudo analizar, enrollado alrededor de un fino tubo de metal como el del cilindro, y que, abierto, alcanzaba unos sesenta centímetros de longitud. Los grandes y pesados jeroglíficos, que se extendían en el centro del rollo y estaban trazados o pintados con un pigmento gris que desafiaba cualquier análisis, no se parecían a nada que hubieran visto los lingüistas y los paleontógrafos, y no pudieron ser descifrados a pesar del envío que se hizo de fotografías a todos los expertos vivos en tal campo del saber.

Es verdad que unos pocos eruditos, sumamente versados en la literatura ocultista y mágica, encontraron un lejano parecido entre algunos de los jeroglíficos y ciertos símbolos arcaicos descritos o citados en dos o tres textos muy antiguos, oscuros y esotéricos, tales como el *Libro de Eibon*, del que se decía que procedía de la olvidada Hiperbórea; los *Fragmentos Pnakóticos*, que se atribuían a seres prehumanos; y el monstruoso y prohibido *Necronomicón*, del árabe loco Abdul Alhazred. Ninguno de tales parecidos, no obstante, era incuestionable; y debido a la generalizada poca estimación de la que gozan los estudios ocultos, no se hizo esfuerzo alguno por hacer circular copias de los jeroglíficos entre los especialistas místicos. De haber tenido lugar tal envío en esa fecha, el posterior desarrollo del caso hubiera sido bien distinto, y una mirada a esos jeroglíficos, por parte de cualquier lector del horrible libro de Von Junzt *Cultos indescriptibles*, hubiera fijado una relación de importancia inconfundible. En esa época, no obstante, los lectores de esa monstruosa blasfemia eran excepcionalmente pocos, ya que las copias, hechas en el intervalo entre la destrucción de la edición original de Düsseldorf (1839) y la de la traducción de Bridewell (1845), y la publicación de la reimpresión censurada por Golden Goblin Press en 1909, habían sido increíblemente escasas. Para ceñirnos al asunto, ningún ocultista ni estudioso del saber esotérico del primigenio pasado había fijado su atención en ese extraño rollo, hasta que el reciente estallido de periodismo sensacionalista desencadenó el horrible clímax.

II

Así estuvieron las cosas durante cerca del medio siglo que siguió a la instalación de la espantosa momia en el museo. El terrible objeto gozaba de fama local entre los bostonianos cultivados, pero nada más que eso; mientras que la propia existencia del cilindro y el rollo —tras una década de investigaciones infructuosas— se había casi olvidado. Tan tranquilo y conservador era el Museo Cabot que ningún periodista o cronista había nunca pensado en invadir sus rutinarias estancias en busca de material sensacionalista.

La invasión de lo mundano comenzó en la primavera de 1931, cuando una adquisición de material de naturaleza espectacular —como era la de extraños objetos y cuerpos inexplicablemente conservados, encontrados en criptas descubiertas bajo las casi desaparecidas e infamadas ruinas del Chateau Faussesflammes, en Averoigne, Francia— dieron un lugar prominente al museo en la prensa de nuevo cuño. Fiel a su política sensacionalista, el *Boston Pillar* envió un cronista dominical con la misión de cubrir la información y dar cuenta de todo con un informe exagerado acerca de la propia institución; y este joven —llamado Stuart Reynolds— intuyó que la indescriptible momia era una posible atracción que sobrepasaba, y por mucho, las recientes adquisiciones que formaban, nominalmente, su principal encargo. Unas nociones de sabiduría teosófica, así como cierta afición por las especulaciones de escritores tales como el Coronel Churchward y Lewis Spencer tocantes a continentes perdidos y primitivas civilizaciones perdidas, hacían a Reynolds especialmente sensible a las inmemoriales reliquias como aquella momia desconocida.

En el museo, el reportero se convirtió en un fastidio, gracias a un continuo y no siempre inteligente interrogatorio, así como interminables peticiones de que movieran los objetos de las vitrinas para permitir su fotografía desde ángulos insólitos. En la biblioteca del sótano se afanó sin fin sobre el extraño cilindro de metal y su membranoso rollo, fotografiándolos desde todos los ángulos y consiguiendo instantáneas de cada porción del extraño texto jeroglífico. Asímismo pidió ver todos los libros que pudieran contener algo sobre primigenias culturas y continentes hundidos... y se quedó allí durante tres horas, tomando notas, para levantarse solo con la intención de dirigirse a Cambridge para echar un vistazo (si se lo permitían) al horrendo y prohibido *Necronomicón*, en la biblioteca Widener.

El 5 de abril apareció el artículo en la edición dominical del *Pillar*, acompañado de fotografías de la momia, el cilindro y el rollo de jeroglíficos, y redactado en el peculiar estilo burlón e infantil que adoptaba el *Pillar* en beneficio de su enorme y mentalmente inmadura clientela. Lleno de inexactitudes, exageraciones y sensacionalismos, era precisamente esa clase de cosas que atraen la atención descerebrada y voluble del rebaño... y el resultado fue que el, hasta entonces, tranquilo museo comenzó a verse invadido por multitudes ruidosas e incultas, en una forma como aquellos majestuosos pasillos nunca antes habían conocido.

Hubo también visitantes eruditos e inteligentes, a pesar de lo pueril del artículo —las fotografías hablaban por sí mismas—, y muchas personas de mentalidad madura a veces ojeaban el *Pillar* por casualidad. Recuerdo a un tipo muy extraño que acudió en noviembre; un sujeto oscuro, con turbante y una espesa barba, que tenía una voz cultivada y antinatural, un rostro curiosamente inexpresivo y unas manos torpes cubiertas con unos absurdos mitones blancos, que dio como dirección la de una mísera casa del West End y dijo tener el nombre de Swami Chandraputra. Aquel individuo estaba increíblemente versado en ciencias ocultas y pareció profunda y solemnemente impresionado por la semejanza entre los jeroglíficos del rollo con ciertos signos y símbolos de un olvidado mundo primigenio del que él tenía un gran conocimiento intuitivo.

En junio, la fama de la momia y el rollo habían llegado a lugares muy alejados de Boston, y el museo recibía un montón de preguntas y de peticiones de fotografías por parte de ocultistas y estudiantes de lo esotérico de todo el mundo. Esto no acababa de agradar a nuestra dirección, ya que éramos una institución científica, sin ninguna simpatía hacia soñadores fantasiosos; aunque respondíamos a todas las preguntas con exquisita educación. Uno de los resultados de tales respuestas fue un artículo muy cuidado en *The Occult Review*, obra del famoso místico de Nueva Orleans Etienne-Laurent de Marigny, en el que se establecía la total identificación de los extraños diseños geométricos del cilindro iridiscente, así como de algunos de los jeroglíficos del rollo membranoso, con ciertos ideogramas de horrible significado (copiados de arcaicos monolitos o de los rituales ocultos de sociedades secretas dedicadas al estudio y la adoración esotérica), reproducidos en ese infernal y censurado *Libro negro o Cultos indescriptibles*, de Von Junzt.

De Marigny recordaba la espantosa muerte de Von Junzt en 1840, un año después de la publicación de su terrible volumen en Düsseldorf, y comentaba algo acerca de sus escalofriantes y en parte sospechadas fuentes de información. Por encima de todo, ponía el énfasis en la enorme relevancia de las historias a las que Von Junzt ligaba la mayor parte de los monstruosos ideogramas que había reproducido. Nadie podía negar que tales historias, en donde se mencionaba expresamente un cilindro y un rollo, parecían tener, en grado notable, una relación con los objetos del museo, aunque era de tal fenomenal extravagancia —ya que implicaban lapsos tan increíbles de tiempo, así como unas fantásticas anormalidades, procedentes de un olvidado mundo primigenio— que podían provocar con mucha mayor facilidad la admiración que la credulidad.

Desde luego consiguió la admiración del público, ya que su reproducción en la prensa fue universal. Los artículos ilustrados se prodigaron por todas partes, contando o pretendiendo contar las leyendas del *Libro negro*, explayándose sobre el horror de la momia, comparando los dibujos del cilindro y los jeroglíficos del rollo con las figuras reproducidas por Von Junzt, y cayendo en las más extrañas, sensacionalistas e irracionales teorías y especulaciones. Se habían triplicado las visitas al museo y el gran interés despertado quedaba de manifiesto por la plétora de cartas tocantes al asunto —la mayor parte de ellas estúpida y superflua— que se recibían en el museo. Al parecer, la momia y su origen eran —a ojos del imaginativo populacho— un rival digno para la depresión, en cuanto a materia de conversación, durante los años 1931 y 1932. Por mi parte, el principal efecto que tuvo sobre mí aquel furor fue llevarme a leer el monstruoso volumen de Von Junzt, en su edición de la Golden Goblin... una lectura que me dejó desconcertado y asqueado, y dando gracias por no haber podido ver aquella infamia completa en su versión sin censurar.

III

Los rumores arcaicos recogidos en el *Libro negro*, y ligados con diseños y símbolos muy parecidos a los que ostentaban aquellos misteriosos rollo y cilindro, eran, de hecho, de un carácter tal que provocaban una inevitable atracción y no poco temor. Salvando un increíble abismo de tiempo —más allá de todas las civilizaciones, razas y tierras por nosotros conocidas—, se ligaban a una nación y a un continente desaparecidos, pertenecientes a los brumosos y fabulosos días primeros... ese al que las leyendas habían dado el nombre de Mu, y del que las viejas tablillas del primigenio lenguaje naacal decían que había florecido hacía unos 200.000 años, cuando en Europa solo había entidades híbridas y en la perdida Hiperbórea se adoraba de forma indescriptible al negro y amorfo Tsathoggua.

Había una mención a un reino o provincia llamado K'naa, en una tierra sumamente antigua, donde los primeros pobladores humanos habían encontrado ruinas monstruosas, dejadas por aquellos que habían morado allí antes... vagas pistas de desconocidas entidades que habían bajado de las estrellas y habían vivido al margen de sus eones en un mundo olvidado y primigenio. K'naa era un lugar sagrado, ya que en mitad de esa tierra los pelados riscos de basalto del monte Yaddith-Gho se alzaban hacia los cielos, rematados por una gigantesca fortaleza de piedras ciclópeas, infinitamente más vieja que la humanidad y construida por la progenie alienígena del oscuro planeta Yuggoth, que había colonizado la tierra antes de la aparición de la vida terrestre.

La progenie de Yuggoth había desaparecido hacía eones, pero había dejado detrás un monstruoso y terrible ser viviente que nunca moriría: su dios infernal, o demonio tutelar, Ghatanothoa, que se ocultaba y acechaba, eterno aunque invisible, en las criptas que había bajo esa fortaleza de Yaddith-Gho. Ninguna criatura humana había nunca escalado Yaddith-Gho ni visto esa blasfema fortaleza como otra cosa que una silueta lejana y de perfiles anormales, perfilándose contra el cielo; aunque la mayor parte de la gente estaba de acuerdo en que Ghatanothoa se albergaba aún ahí, revolcándose y agazapándose en insospechados abismos bajo los muros megalíticos. Siempre había personas que creían que debían rendirse sacrificios a Ghatanothoa, para impedir que saliera reptando de los ocultos abismos e irrumpiera de forma horrible en el mundo de los hombres, como ya había hecho una vez en el primigenio mundo de la progenie de Yuggoth.

La gente decía que, si no se le ofrecían víctimas, Ghatanothoa emergería a la luz del día y se deslizaría por los riscos de basalto de Yaddith-Gho, esparciendo la maldición sobre todo cuanto encontrase. Ya que ningún ser viviente podía contemplar a Ghatanothoa, o siquiera una exacta réplica cincelada de Ghatanothoa, no importa cuán pequeña fuese, sin sufrir un cambio más horrible que la muerte. La visión de la deidad, o de su imagen, y en eso estaban de acuerdo todas las leyendas de la progenie de Yuggoth, implicaba la parálisis y la petrificación en una especie singularmente estremecedora, de forma que la víctima se convertía en piedra y cuero en el exterior, mientras que el cerebro permanecía perpetuamente vivo; horriblemente fijado y prisionero a través de las eras, y enloquecedoramente consciente del paso de interminables épocas de inacción forzosa hasta que los azares y el tiempo hubieran completado la decadencia de esa carcasa petrificada y dejasen el cerebro expuesto a la muerte. La mayor parte de los cerebros, por supuesto, enloquecían mucho antes de que pudiese llegar esta liberación infinitamente dilatada. Se decía que ningún ojo humano había visto nunca a Ghatanothoa, aunque el peligro era tan grande entonces como lo había sido en tiempos de la progenie de Yuggoth.

Existía, en K'naa, un culto que adoraba a Ghatanothoa y que cada año le sacrificaba veinte jóvenes guerreros y veinte jóvenes doncellas. Tales víctimas eran ofrecidas sobre los llameantes altares del templo marmóreo cercano a la base de la montaña, ya que nadie osaba trepar por los riscos de basalto de Yaddith-Gho o acercarse siquiera a la ciclópea fortaleza prehumana de su cima. El poder de los sacerdotes de Ghatanothoa era inmenso, ya que de ellos dependía la preservación de K'naa y de toda la tierra de Mu, impidiendo la petrificadora salida de Ghatanothoa de su desconocida madriguera.

Había en esa tierra un centenar de sacerdotes del Dios Oscuro, siendo Imash-Mo el sumo sacerdote que, en la festividad de Nath, precedía al rey y se quedaba en pie y erguido, mientras que el monarca se arrodillaba ante el altar de Dhoric. Cada uno de los sacerdotes tenía una casa de mármol, un peto de oro, doscientos esclavos y un ciento de concubinas, además de impunidad frente a las leyes civiles, así como un poder de vida o muerte sobre todos los habitantes de K'naa, a excepción de los sacerdotes del rey. Y, aun a pesar de esos valedores, siempre pendía sobre la tierra el temor de que Ghatanothoa irrumpiera desde sus profundidades y bajase maligno de su montaña para esparcir el horror y la petrificación entre la humanidad. En los últimos años, los sacerdotes habían prohibido a los hombres incluso que imaginasen o especulasen sobre cual podía ser su espantoso aspecto.

Fue en el año de la Luna Roja (que, según los cálculos de Von Junzt, coincidía con el año 173148 a. de C.) cuando un ser humano osó por primera vez desafiar a Ghatanothoa y su indescriptible amenaza. Este audaz hereje era T'yog, sumo sacerdote de Shub-Niggurath y guardián del templo de cobre de La Cabra del Millar de Retoños. T'yog había meditado durante largo tiempo sobre los poderes de los distintos dioses y había tenido extraños sueños y revelaciones concernientes a la vida de estos en los mundos primigenios. Al final, quedó convencido de que los dioses amigos del hombre podían ser concitados contra los dioses hostiles, y creía que Shub-Niggurath, Nug y Yeb, así como Yig, el Dios Serpiente, tomarían partido, al lado del hombre, contra la tiranía y las exigencias de Ghatanothoa.

Inspirado por al Diosa Madre, T'yog escribió una extraña fórmula, en naacal hierático, destinada a tal fin, que él creía daría a su portador inmunidad contra los poderes petrificantes del Dios Oscuro. Con tal protección, suponía, sería posible que un hombre audaz pudiera trepar por los temidos riscos de basalto y —por primera vez en toda la historia de la humanidad— invadir la fortaleza ciclópea bajo la que se decía que acechaba Ghatanothoa. Cara a cara con el dios, y con el poder de Shub-Niggurat y sus hijos de su parte, T'yog creía que sería capaz de acabar con él y liberar por fin a la humanidad de esa acechante amenaza. Habiendo hecho libre, con su hazaña, a la humanidad, no habría límite a los honores que podría reclamar. Todos los privilegios de los sacerdotes de Ghatanothoa recaerían en él, e incluso la corona o la divinidad podían, quizá, acabar siendo suyos.

Así que T'yog escribió la fórmula protectora en un rollo hecho de membrana de *pthagon* (que, según Von Junzt, era la parte interior de la piel del lagarto yakith) y lo encerró en un tallado cilindro de *lagh*, el metal llevado hasta la Tierra por los Antiguos de Yuggoth y que no se encuentra en ninguna mina de nuestro mundo. Este ensalmo, llevado en sus ropas, lo haría invulnerable a la amenaza de Ghatanothoa, e incluso devolvería la vida a las víctimas petrificadas del Dios Oscuro si esa monstruosa entidad emergiera y se lanzase a la devastación. Así que se dispuso a ir a esa montaña rehuida y jamás hollada por el hombre, invadir la ciudadela de ángulos alienígenas y piedras ciclópeas y enfrentarse a la estremecedora entidad diabólica en su propio cubil. No se atrevía a conjeturar lo que podía seguir después, pero el anhelo de ser el salvador de la humanidad fortalecía su voluntad.

Sin embargo, no había contado con los envidiosos, egoístas y vividores sacerdotes de Ghatanothoa. Apenas tener noticias de ese plan —temerosos de perder su prestigio y privilegios en el caso de que el Dios-Demonio fuese abatido—, alzaron un frenético clamor en contra de lo que ellos llamaban sacrilegio, gritando que ningún hombre podía vencer a Ghatanothoa, y que cualquier esfuerzo para enfrentarse a él lo único que podía provocar era una matanza infernal contra la cual ni hechizos ni rezos podrían hacer nada. Con tales proclamas pensaban volver la opinión de las gentes en contra de T'yog; sin embargo, era tan grande el anhelo que tenían los hombres de liberarse de Ghatanothoa, y tal la confianza en la habilidad y aplicación de T'yog, que sus protes-

tas cayeron en saco roto. Aun el rey, normalmente una marioneta en manos de los sacerdotes, se negó a prohibir el osado peregrinaje de T'yog.

Fue entonces cuando los sacerdotes de Ghatanothoa hicieron a escondidas lo que no podían hacer abiertamente. Cierta noche, Imash-Mo, el sumo sacerdote, se infiltró en la estancia que ocupaba en el templo T'yog y le quitó, mientras dormía, el cilindro de metal; sacó sigilosamente el poderoso rollo y puso en su lugar otro muy parecido, aunque con divergencias bastantes como para que no tuviera poder alguno contra dioses o demonios. Una vez que hubo devuelto el cilindro a la capa del durmiente, Imash-Mo se regocijó, ya que sabía que no era probable que T'yog se detuviera a estudiar el contenido del cilindro de nuevo. Creyéndose protegido por el verdadero rollo, el hereje acudiría a la montaña prohibida, ante la Maligna Presencia... y Ghatanothoa, sin ser amenazado por magia alguna, se encargaría del resto.

Ya no era necesario que los sacerdotes de Ghatanothoa clamaran contra aquella empresa. Dejarían que T'yog siguiera adelante y recibiese su merecido. Y, en secreto, los sacerdotes custodiarían el rollo robado —el ensalmo verdadero y poderoso—, que pasaría de un sumo sacerdote a otro, para que pudiera emplearlo en algún futuro lejano, si llegaba a ser necesario contravenir la voluntad del Dios-Demonio. El resto de la noche Imash-Mo durmió profundamente, con el verdadero rollo guardado en un nuevo cilindro forjado especialmente para él.

Cuando amaneció el día de las Llamas Celestiales (una nomenclatura que Von Junzt no define muy bien), T'yog, entre los rezos y los cánticos de la gente, y con la bendición del rey Thabon sobre su cabeza, se encaminó hacia la temida montaña, con una vara de madera de tlath en su mano derecha. Bajo sus ropas llevaba el cilindro con lo que él creía que era el verdadero ensalmo, ya que, en efecto, no se había dado cuenta del engaño. Tampoco vio la ironía en los rezos, los que Imash-Mo y los otros sacerdotes entonaron para pedir por su seguridad y su victoria.

Toda aquella mañana la gente esperó y observó la cada vez más pequeña figura que se afanaba por las rehuidas laderas de basalto, hasta entonces sin hollar por el hombre, y muchos se quedaron mirando aun después de que se hubiera esfumado de la vista, allí donde un peligroso reborde llevaba, contorneando la montaña, hasta su cara oculta. Esa noche, algunos pocos soñadores sensibles creyeron escuchar un débil temblor que estremecía el odiado pico, pero la mayor parte de la gente se tomó a broma sus manifestaciones en tal sentido. Al día siguiente, inmensas multitudes observaban la montaña y rezaban, preguntándose cuán pronto regresaría T'yog. Y lo mismo hicieron al día siguiente, y al otro. Esperaron y rezaron durante semanas, y luego le lloraron. Nadie volvió a ver nunca a T'yog, que podría haber librado a la humanidad de sus temores.

A partir de ese momento, los hombres se estremecían al pensar en la presunción de T'yog, y trataban de no pensar en los castigos que podía desatar su impiedad. Y los sacerdotes de Ghatanothoa se reían de aquellos que osaban ofender la voluntad de los dioses o desafiar su derecho a los sacrificios. Al cabo de los años, se supo de la artimaña de Imash-Mo, pero tal conocimiento no cambió la idea, ya generalmente extendida, de que era mejor dejar tranquilo a Ghatanothoa.

Nadie osó desafiarlo de nuevo. Y fueron pasando las eras, y un rey sucedía a otro rey, y un sumo sacerdote sucedía a otro sacerdote, y las naciones conocía su auge y decadencia, y las tierras emergían del mar y volvían a su seno. Y, al cabo de los milenios, la decadencia alcanzó a K'naa... hasta que, por último, un espantoso día de tormenta y truenos, temblar de tierras y olas tan altas como montañas, toda la tierra de Mu se hundió bajo las aguas para siempre.

Pero, a lo largo de los siguientes eones, se conservó una brizna de los antiguos secretos. En tierras distantes se congregaron fugitivos de rostro gris que habían logrado sobrevivir a la diabólica rabia del mar, y el humo de los altares, alzados para honrar a pretéritos dioses y demonios, inundó extraños cielos. Aunque nadie sabía a qué insondable profundidad se había hundido el pico sagrado y la ciclópea fortaleza del temido Ghatanothoa, los había aún que murmuraban su nombre y le ofrecían indescriptibles sacrificios, no fuera que emergiera, a pesar de las leguas de océano que mediaban, y cayese sobre la humanidad para derramar horror y petrificación.

En torno a los dispersos sacerdotes se articularon los rudimentos de un culto oscuro y secreto —secreto debido a que la gente de las nuevas tierras tenían otros dioses y demonios y no sentían más que hostilidad hacia los seres antiguos y alienígenas—, y se practicaron, dentro de tal culto, actos odiosos, y se reverenciaron muchos objetos extraños. Había rumores de cierta dinastía de esquivos sacerdotes que aún conservaban el verdadero hechizo contra Ghatanothoa, el que Imash-Mo había robado al dormido T'yog, aunque ya no quedaba nadie que pudiera leer o entender las crípticas sílabas, o que pudiera siquiera suponer en qué parte del mundo se hallaba la perdida K'naa, el temido pico de Yaddith-Gho y la titánica fortaleza donde se había albergado el Dios-Demonio.

Aunque prosperaron, sobre todo, en aquellas regiones del Pacífico en torno a la zona donde una vez se había alzado Mu, había rumores de que había existido ese secreto y detestable culto en la desdichada Atlántida y en la horrenda meseta de Leng. Von Junzt insinuaba que había existido en el fabuloso reino subterráneo de K'n-yan, y aportaba pruebas de que se había infiltrado en Egipto, Caldea, Persia, China y los olvidados imperios semitas de África, así como en México y Perú en el Nuevo Mundo. Aún más abiertamente apuntaba que había tenido una gran relación con el movimiento de la brujería en Europa, contra el que se habían dirigido las bulas de los papas en vano. Occidente, empero, nunca fue un terreno muy propicio a su crecimiento, y la indignación pública —desatada ante la insinuación de odiosos ritos y sacrificios indescriptibles— cercenó muchas de sus ramas. Al cabo, se convirtió en un tema perseguido y doblemente secreto, aunque nunca se les pudo exterminar del todo. Siempre sobrevivían de alguna forma, sobre todo en el Lejano Oriente y en las islas del Pacífico, donde sus prédicas se mezclaron con las teorías esotéricas de los areoi polinesios.

Von Junzt dejaba entrever, de forma sutil e inquietante, la idea de que había mantenido contactos con el culto, y, mientras leía, me estremecí recordando lo que se rumoreaba acerca de su muerte. Hablaba de la difusión de ciertas ideas tocantes a la aparición del Dios-Demonio —una criatura que ningún ser humano (dejando aparte al tan osado T'yog, que nunca había vuelto para contarlo) había visto jamás—, y contrastaba este tipo de especulaciones con el tabú, impuesto en la antigua Mu, contra cualquier intento de imaginar cómo podía ser el horror. Había algo peculiarmente espantoso en los rumores, llenos de devoto espanto y fascinación, tocantes a este asunto —rumores cargados de morbosa curiosidad respecto a la precisa naturaleza del ser con el que T'yog podía haberse enfrentado en ese espantoso edificio prehumano de las temidas, y ahora sumergidas, montañas, antes de que llegase su final (si es que tal final había llegado)—, y me sentí extremadamente perturbado por las oblicuas e insidiosas referencias, del erudito alemán, a este asunto.

Apenas menos turbadoras eran las conjeturas de Von Junzt acerca del paradero del robado rollo de hechizos contra Ghatanothoa, y sobre el postrer uso que a tal rollo pudieran darle. A pesar de tener la certeza de que todo aquello no era más que mito, no pude dejar de estremecerme ante el concepto de que habría un día fatal marcado por la emergencia del monstruoso dios, y ante la imagen de una humanidad convertida de repente en una raza de estatuas anormales, cada una de ellas encerrando un cerebro vivo, condenada a una conciencia inerte e inerme durante incontables eones futuros. El viejo sabio de Düsseldorf tenía una envenenada manera de sugerir más de lo que decía, y me fue fácil entender por qué su condenado libro estaba censurado en tantos países como algo blasfemo, peligroso y sucio.

Me sentía lleno de repulsión, aun cuando todo aquello provocaba una fascinación impía, y no pude apartarlo hasta que no lo hube acabado. Las supuestas reproducciones de dibujos e ideogramas de Mu eran maravillosas y sorprendentemente parecidas a las marcas de ese extraño cilindro y a los caracteres del rollo, y toda aquella historia acumulaba detalles que daban una vaga e inquietante sensación de parecido con cosas relacionadas con la espantosa momia. El cilindro y el rollo —el emplazamiento, situado en el Pacífico—, la persistente idea del viejo capitán Weatherbee de que aquella cripta ciclópea, donde habían encontrado la momia, había estado una vez bajo un inmenso edificio... de alguna forma yo me sentía vagamente contento de que la isla volcánica se hubiera hundido antes de que pudiera abrir aquella cosa que tanto sugería a una trampilla.

IV

Cuanto leí en el *Libro negro* constituyó un prefacio infernalmente adecuado para los nuevos incidentes y los sucesos, más cercanos, que comenzaron a tener lugar en la primavera de 1932. Apenas puedo recordar cuándo los cada vez más frecuentes informes policiales, sobre acciones contra extraños y fantásticos cultos religiosos de Oriente, y cosas parecidas, comenzaron a llamarme la atención, pero hacia mayo o junio comprendí que había, por todo el mundo, una sorprendente e inesperada erupción de actividad por parte de estrafalarias, furtivas y esotéricas organizaciones místicas, normalmente ocultas y de las que apenas se oía hablar.

No hubiera conectado tales noticias con las afirmaciones de Von Junzt o con el interés popular hacia la momia y el cilindro del museo, de no mediar ciertas sílabas significativas y ciertos parecidos persistentes —puestos de manifiesto, en forma sensacionalista, por la prensa— en los ritos y afirmaciones de los diversos adeptos secretos, sacados a la luz pública. A tal respecto, no pude dejar de notar con inquietud las frecuentes alusiones a un nombre —en diversas formas de corrupción— que parecía constituir un punto focal de toda la adoración del culto, y que era contemplado, claramente, con una singular mezcla de reverencia y temor. Algunas de las formas registradas eran G'tanta, Tanoth, Than-Tha, Gatan y Ktan-Tah, y no necesitaba las afirmaciones de mis ahora numerosos corresponsales ocultistas para ver, en tales variantes, una odiosa y sugerente relación con el monstruoso nombre consignado por Von Junzt como Ghatanothoa.

Había otros factores inquietantes además. Una y otra vez, los informes hacían alusión a vagas y espantosas referencias a un «rollo verdadero», algo que parecía de la máxima importancia y que, según se decía, era custodiado por un tal «Nagob», sin especificar quién o qué era el que ostentaba tal nombre. Además, había una insistente repetición de un nombre que sonaba como Tog, Tiok, Yog, Zob o Yob, y que, cada vez más, mi excitada mente relacionaba con el nombre del desdichado hereje T'yog del *Libro negro*. Tal nombre iba asociado, normalmente, con frases crípticas del tipo «no hay otro como él», «él lo miró cara a cara», «él sabe todo, aunque no puede ver ni sentir», «él es quien ha conservado el recuerdo a lo largo de los eones», «el verdadero rollo lo liberará», «Nagob tiene el rollo verdadero», «él puede decir dónde encontrarlo».

Había, indudablemente, algo de lo más extraño en el aire, y no me asombré cuando mis corresponsales ocultistas, lo mismo que los sensacionalistas periódicos dominicales, comenzaron a conectar los nuevos y anómalos movimientos con las leyendas acerca de Mu, por una parte, y con la reciente explotación de la espantosa momia, por la otra. Los abundantes artículos en primera plana, con sus insistentes conexiones entre la momia, el cilindro y el rollo con la historia contada en el *Libro negro,* y sus especulaciones, enloquecidamente fantásticas, acerca del mismo asunto, podrían muy bien haber despertado el latente fanatismo de cientos de esos grupos ocultos de exóticos adoradores que tanto abundan en nuestro abigarrado mundo. Los periódicos no dejaban de añadir leña al fuego, ya que las historias sobre convulsiones fanáticas eran incluso más tremebundas que las de la primera tanda de informaciones.

Según avanzaba el verano, los bedeles detectaron un nuevo y curioso tipo de visitante entre las multitudes que —tras un reflujo consiguiente al primer estallido de notoriedad— acudían en masa al museo de nuevo, atraídas por este segundo furor informativo. Cada vez era más frecuente ver a gentes de aspecto extraño y exótico —atezados asiáticos, inclasificables melenudos y morenos hombres barbudos que parecían extraños en sus ropas europeas, y que, invariablemente, preguntaban por la sala de la momia, y que podían ser vistos después contemplando al odioso espécimen del Pacífico en un verdadero éxtasis de fascinación. Algo soterrado y siniestro en esta marea de extraños extranjeros acababa impresionando a los guardias, y yo mismo estaba lejos de sentirme tranquilo. No podía dejar de pensar en todos los movimientos esotéricos que estaban teniendo lugar entre personajes tan excéntricos como esos, y la conexión de tales agitaciones con mitos demasiado ligados a la espantosa momia y el rollo del cilindro.

En ocasiones me sentí a medias tentado de retirar la momia de la exhibición pública, sobre todo cuando un bedel me comentó que había visto a veces a extranjeros haciendo extrañas reverencias ante la misma, y que había detectado cantos musitados que sonaban como cánticos o rituales dirigidos a ella, a horas en que el flujo de visitantes remitía. Uno de los guardias desarrolló una extraña manía nerviosa tocante al petrificado horror de la gran caja de cristal, y decía que podía ver, de día en día, cómo se iban produciendo ciertos cambios, vagos, imprecisos y sumamente pequeños, en la frenética flexión de las huesudas garras y en la expresión, enloquecida de miedo, de la correosa cara. No podía librarse de la espantosa idea de que aquellos ojos horribles y saltones estaban a punto de abrirse repentinamente, de par en par.

A primeros de septiembre, cuando las multitudes curiosas iban remitiendo y la sala de las momias comenzaba a quedar vacía, se produjo un intento de llegar a la momia cortando el cristal de su expositor. El culpable de tal tentativa, un cetrino polinesio, fue visto a tiempo por un guardia, y lo redujeron antes de que causase daño alguno. La investigación consiguiente desveló que era un hawaiano, famoso por sus actividades en ciertos cultos religiosos ocultos, y que tenía una larga ficha policial en lo tocante a ritos y sacrificios anormales e inhumanos. Algunos de los documentos encontrados en su alojamiento eran de lo más desconcertantes y perturbadores, e incluían algunas hojas cubiertas con jeroglíficos que recordaban mucho a los del rollo del museo, así como a los reproducidos en el *Libro negro* de Von Junzt, pero fue imposible conseguir que hablase de nada de todo eso.

Apenas una semana después de este incidente, se produjo otro intento de llegar a la momia —esta vez rompiendo la cerradura de la vitrina—, y todo acabó en un segundo arresto. El asaltante, un cingalés, tenía historial de tétricas actividades esotéricas tan largo y desagradable como el hawaiano, y mostró similar tenacidad a la hora de no confesar nada a la policía. Lo que hizo que este caso fuera doble y oscuramente interesante fue que un guardia ya había visto a aquel tipo varias veces antes, y que le había oído dirigirse a la momia con un cántico peculiar en el que se oía, inconfundiblemente, varias veces la palabra «T'yog». Debido a este incidente, decidí doblar la guardia en la sala de las momias, y les ordené que nunca dejasen sin vigilar aquel ahora célebre espécimen, aunque fuera por un momento.

Como es fácil de imaginar, la prensa se hizo amplio eco de estos dos incidentes, retomando sus informaciones sobre la primigenia y fabulosa Mu, y afirmando con audacia que aquella espantosa momia no era otra que la del osado hereje T'yog, petrificado por algo que había visto en la ciudadela inhumana que se atrevió a invadir, y conservado intacto durante 150.000 años de turbulenta historia planetaria. Se enfatizaba y reiteraba, de la manera más sensacionalista posible, el hecho de que aquellos extraños devotos representaban a cultos que descendían de Mu, así como que adoraban a la momia, y que incluso quizá pretendían resucitarla mediante ensalmos y encantamientos.

Los escritores sacaban partido a la insistencia con la que las viejas leyendas repetían que el cerebro de las víctimas petrificadas de Ghatanothoa permanecía consciente e intacto, un elemento este que servía como excusa para las más extrañas e improbables especulaciones. La mención a un «rollo verdadero» también recibía su parte de atención, siendo la teoría más popular la de que el hechizo robado a T'yog, y capaz de acabar con Ghatanothoa, aún existía y que algunos de los miembros del culto estaban tratando de ponerlo en contacto con T'yog con algún propósito en concreto. Uno de los resultados de tanta palabrería fue que una tercera oleada de embobados visitantes comenzó a invadir el museo y a arremolinarse junto a esa infernal momia que era el eje de todo aquel asunto extraño y turbador.

Entre esta horda de visitantes —muchos de los cuales repetían ya visita— se extendió el rumor de que se estaban produciendo vagos cambios en el aspecto de la momia. Supongo que —a pesar de las perturbadoras manías desarrolladas por aquel nervioso guardia, meses atrás— el personal del museo estaba demasiado habituado a la visión de formas extrañas como para prestar atención a los detalles; pero, en cualquier caso, debido a las excitadas habladurías de los visitantes, al cabo también los guardias llegaron a la conclusión de que se estaban produciendo ligeras alteraciones. Casi simultáneamente, la prensa prestó atención a tal tema, con los tremebundos resultados que bien pueden imaginar.

Naturalmente, presté a todo aquel asunto la más cuidadosa de las atenciones, y hacia mediados de octubre llegué a la conclusión de que se estaba produciendo una desintegración irreversible en la momia. Algún elemento químico o físico en el aire hacía que las fibras, mitad pétreas, mitad correosas, estuvieran ablandándose gradualmente, provocando cambios en los ángulos de los miembros y en ciertos detalles de esas facciones contorsionadas por el miedo. Se trataba de un fenómeno desconocertante, después de medio siglo de perfecta conservación, y ordené al taxidermista del museo, el doctor Moore, que se aplicase durante cierto tiempo a ese tremendo objeto. Su informe fue que se estaba produciendo una relajación y un ablandamiento generales, por lo que le aplicó dos o tres tratamientos astringentes, dejando aplicaciones más drásticas para el caso de que se produjera un repentino desmoronamiento y una degeneración acelerada.

El efecto de todo esto sobre las curiosas multitudes fue de lo más llamativo. Hasta entonces, cada nuevo detalle difundido por los periódicos había provocado una nueva avalancha de visitantes mirones y parlanchines, pero ahora —aunque los periódicos abundaban sin fin en el tema de los cambios de la momia— el público pareció desarrollar una definida sensación de miedo que sobrepasaba incluso su morbosa curiosidad. La gente parecía sentir un aura siniestra sobre el museo, y la afluencia de público se desplomó, desde un gran pico hasta un nivel más bajo de lo normal. Tal disminución de visitantes puso aún más de relieve la corriente de estrafalarios extranjeros que continuaban infectando el lugar y cuyo número no parecía menguar.

El 18 de noviembre, un peruano de sangre india sufrió un extraño ataque de epilepsia o histeria ante la momia, y luego gritaba en su lecho del hospital: «¡Está tratando de abrir los ojos!... ¡T'yog trata de abrir los ojos y mirarme!». Fue entonces cuando estuve a punto de retirar aquel objeto de la exhibición pública, pero dejé que mis muy conservadores directores me impusieran su criterio en contra. No obstante, estaba viendo que el museo comenzaba a adquirir una infausta fama en aquella vecindad austera y tranquila. Después del último incidente, di instrucciones de que no se permitiera a nadie detenerse ante aquellos monstruosos restos del Pacífico más de unos pocos minutos.

El 24 de noviembre, después del cierre del museo, que tenía lugar a las cinco, uno de los guardias notó una diminuta apertura de los ojos de la momia. El fenómeno era sumamente pequeño —no se veía más que una angosta rendija de córnea en cada ojo—, pero no por eso resultaba menos interesante. El doctor Moore, al que se llamó a toda prisa, estaba a punto de estudiar aquella porción ahora expuesta de globo ocular, cuando su manipulación de la momia hizo que los párpados se cerrasen de nuevo. Todos los intentos, realizados con cuidado, para abrirlos resultaron fallidos, y el taxidermista no se atrevió a aplicar medidas más drásticas. Cuando se me notificó, vía telefónica, tal hecho, sentí un miedo cada vez mayor y que resultaba difícil de cuadrar con un hecho al parecer tan sencillo. Por un momento, compartí el sentimiento popular de que alguna plaga maligna y amorfa, procedente de insondables profundidades del tiempo y el espacio, pendía turbia y amenazadoramente sobre el museo.

Dos noches después, un oscuro filipino trató de quedarse, a escondidas, dentro de museo, después de la hora del cierre. Una vez arrestado y conducido a comisaría, se negó incluso a dar su nombre y quedó detenido como sospechoso. Entre tanto, la estricta vigilancia de la momia pareció desalentar a las extrañas hordas de extranjeros a la hora de rondar alrededor de ella. Por último, el número de visitantes exóticos cayó perceptiblemente, una vez que se puso en práctica la orden de no quedarse parados junto a ella.

Durante las primeras horas de la madrugada del jueves 1 de diciembre tuvo lugar el terrible clímax. Sobre la una, se oyeron en el museo terribles gritos de espanto y agonía, y una serie de frenéticas llamadas de los vecinos envió al lugar de los hechos, simultáneamente, a todo un pelotón de la policía y de gente del museo, incluido yo mismo. Algunos de los policías rodearon el edificio mientras otros, con los responsables del museo, entraban precavidamente. En el pasillo principal encontramos al guardia de noche estrangulado —con un trozo de soga de cáñamo indio aún anudado en torno a su garganta— y comprendimos que, a pesar de todas las precauciones tomadas, uno o varios intrusos oscuros y malignos habían logrado entrar. Pero ahora, sin embargo, un silencio sepulcral pendía sobre todo el sitio y casi tuvimos miedo de subir por las escaleras hacia esa tétrica ala donde sabíamos que debía estar el meollo del asunto. Nos sentimos un poco más resueltos tras dar la luz del edificio mediante los interruptores centrales del corredor, y finalmente nos deslizamos con renuencia por la escalera curva y, cruzando una arcada baja, hasta la sala de las momias.

V

Fue a partir de este punto cuando se decidió censurar los detalles del espantoso caso, ya que todos coincidimos en que nada bueno saldría de que se hicieran públicas las revelaciones sobre las condiciones de vida terrestre que implicaban los descubrimientos que se produjeron después. Ya he dicho que, hasta que no dimos la luz del edificio, no subimos. Entonces, a la luz del resplandor que iluminaba las vitrinas y sus espantosos contenidos, nos encontramos con un silencioso horror cuyos desconcertantes detalles daban fe de sucesos que se hallaban más allá de nuestra comprensión. Había dos intrusos —que más tarde comprobamos que se habían escondido en el edificio antes de cerrar—, pero nunca llegarían a ser ejecutados por el asesinato del vigilante. Ya habían pagado su crimen.

Uno era un birmano y el otro un nativo de las islas Fidji; ambos bien conocidos por la policía, merced a su participación en espantosos y repulsivos ritos esotéricos. Los dos estaban muertos, y cuanto más los examinábamos, más monstruosa e indescriptible nos parecía su forma de morir. Los rostros de ambos mostraban una expresión de espanto, más inhumana y frenética de lo que el más curtido de los policías podía recordar haber visto jamás; sin embargo, en el estado de ambos cuerpos había grandes y significativas diferencias.

El birmano yacía cerca del expositor de la indescriptible momia, al que habían cortado, con limpieza, un cuadrado de cristal. En su mano derecha había un rollo de membrana azulada que, enseguida, vi que estaba cubierta con jeroglíficos grisáceos, casi duplicados de los del rollo que se hallaba en el extraño cilindro, en la biblioteca de abajo, aunque un estudio posterior mostró pequeñas diferencias. No había marca alguna de violencia en el cuerpo, y en vista de la agónica y desesperada expresión de su contorsionado rostro, no nos quedó más remedio que llegar a la conclusión de que había muerto de puro espanto.

Fue el fidjiano, que estaba caído muy cerca, el que nos produjo un mayor impacto. Uno de los policías fue el primero en tocarlo y el grito de horror que lanzó provocó un nuevo estremecimiento en esa noche de terror que tuvo que sufrir la vecindad. Debíamos haber sabido, gracias a la letal grisura de esa cara otrora negra y ahora retorcida de miedo, o por las manos huesudas —una de las cuales aún asía una linterna—, que algo estaba espantosamente mal; pero ninguno de nosotros estaba preparado para lo que ese titubeante roce del agente descubrió. Aun ahora, solo puedo pensar en ello con un paroxismo de espanto y repulsión. Para no extendernos, aquel desdichado intruso, que menos de una hora antes era un fornido melanesio movido por motivos malignos, era ahora una figura rígida y cenicienta de petrificación pétrea y correosa, en todo punto igual a la de la blasfemia agazapada y vieja como los eones que se hallaba en la violada vitrina de cristal.

Pero ni siquiera eso era lo peor. Había que sumar, al resto de los horrores, el estado en que se hallaba la momia, que captó toda nuestra estremecida atención antes de que examinásemos los cuerpos del suelo. Los cambios en la misma ya no podían calificarse de pequeños e imprecisos, ya que había habido mutaciones radicales de postura. Se había encorvado e inclinado con una curiosa pérdida de rigidez, y sus garras huesudas habían descendido hasta el punto de que ya solo una parte cubría su rostro correoso y enloquecido por el miedo; y —¡Dios nos asista!— *sus ojos infernales y saltones se habían abierto y parecían observar directamente a los dos invasores que habían muerto de miedo, o de algo peor.*

Esa mirada fantasmal y como de pescado tenía una cualidad espantosamente hipnótica y estuvo clavada en todos nosotros durante todo el tiempo en que estuvimos examinando el cuerpo de los intrusos. El efecto que producía sobre nuestros nervios era condenadamente extraño y, de alguna forma, sentíamos una curiosa rigidez que parecía apoderarse de nosotros, hasta el punto de trabar los movimientos más simples; un envaramiento que, más tarde, se desvaneció de forma muy extraña, mientras manoseábamos, para inspeccionarlo, el rollo de jeroglíficos. En todo momento sentía mi mirada irresistiblemente atraída hacia aquellos horribles ojos saltones de la vitrina y, cuando me acerqué a estudiarlos, después de examinar los cuerpos, creí captar algo de lo más singular en la vidriosa superficie de aquellas pupilas, oscuras y maravillosamente conservadas. Cuanto más miraba, más fascinado me sentía, y al cabo acudí a mi oficina —pese a la extraña rigidez que sentía en los miembros— para buscar un juego de lupas. Con él comencé una inspección de lo más detenida y cuidadosa de aquellas pupilas de pez, mientras el resto se agolpaba expectante a mi alrededor.

Siempre me he sentido escéptico ante la teoría de que ciertas escenas y objetos quedan fotografiados en la retina del ojo, en caso de muerte o coma, así que tardé en darme cuenta de que, lo que veía a través de las lentes, era alguna especie de imagen distinta a la del reflejo de la habitación, en los vidriosos y protuberantes ojos de ese indescriptible producto de los eones. Desde luego, había una escena difusamente impresa en esa superficie retinal de edad inmemorial, y no tuve duda alguna de que era lo último que aquellos ojos habían visto en vida hacía incontables milenios. Parecía estar desapareciendo con rapidez, por lo que tanteé en la caja, buscando una lente de más aumentos. Tal imagen debía haber sido precisa y clara, aunque infinitamente pequeña cuando —como respuesta a algún hechizo o acto maligno, producto de la invasión— se había enfrentado a aquellos intrusos que habían muerto de miedo. Mediante esa lente extra, aparecieron muchos detalles previamente invisibles, y el espantado grupo, en torno a mí, recibió boquiabierto el torrente de palabras con el que traté de explicar lo que veía.

Porque en aquel lugar, en el año 1932, un hombre de la ciudad de Boston estaba mirando a algo que pertenecía a un mundo desconocido y ajeno por completo; un mundo que se había desvanecido, hacía eones, de la existencia y de la memoria de los hombres. Había una habitación inmensa —una estancia de sillería ciclópea— que me pareció estar viendo desde una de sus esquinas. En los muros había tallas tan espantosas que, incluso en esa imagen imperfecta, hicieron que me sintiese enfermo por su tremenda blasfemia y bestialidad. No podía creer que aquellos que cincelaron tales cosas fueran humanos, o que hubieran visto siquiera a seres humanos, cuando tallaron aquellas espantosas siluetas que acechaban al observador. En el centro de la sala había una colosal trampilla de piedra, que había sido movida para permitir la salida de algo de ahí abajo. Tal ser podría haber sido claramente visible —de hecho, debió serlo cuando los ojos se abrieron ante los aterrorizados invasores—, aunque, a mis lentes, no era más que una mancha monstruosa.

Lo que ocurrió fue que estaba estudiando el ojo derecho, en el momento de poner los aumentos extras en el aparato. Un instante más tarde, tuve motivos para desear haber concluido ahí mis pesquisas. Sin embargo, estaba poseído por la fiebre del descubrimiento y la revelación, así que pasé las poderosas lentes al ojo izquierdo de la momia, esperando encontrar menos difusa la imagen de la retina. Mis manos, temblorosas por la excitación, y antinaturalmente rígidas debido a alguna oscura influencia, tardaron a la hora de emplazar la lente en su sitio; pero, un momento después, constaté que la imagen era menos turbia que en el otro ojo. Por un maldito momento, vi a través de la prodigiosa trampilla de esa ciclópea e inmemorialmente arcaica cripta de un mundo perdido... y caí sin sentido, con un alarido inarticulado del que no me avergüenzo lo más mínimo.

Cuando recobré el sentido no había imagen perceptible de nada en ninguno de los ojos de la monstruosa momia. El sargento Keefe de la policía miró a través de las lentes, ya que no me atreví a encarar de nuevo a esa anómala entidad. Y doy gracias a todos los poderes del universo porque no se me ocurrió hacerlo antes. Necesité de toda mi fuerza de voluntad, y de no pocas peticiones, para contar qué es lo que había llegado a entrever en ese espantoso momento. De hecho, no pude hablar hasta que no nos hubimos trasladado a la oficina de debajo, fuera de la vista de esa demoniaca cosa que no debiera existir. Porque había comenzado a albergar las más terribles y fantásticas nociones acerca de la momia y sus ojos saltones y vidriosos, y me parecía que tenían una especie de consciencia infernal, viendo cuanto ocurría delante de ella, y tratando en vano de comunicar algún espantoso mensaje desde las simas del tiempo. Era una locura... pero lo mejor que puedo hacer es contar lo que vi.

Después de todo, no hay gran cosa que contar. Brotando y surgiendo por esa trampilla de la cripta ciclópea, había atisbado una monstruosidad tan increíblemente behemótica que no puedo poner en duda de que su original mataba con solo mostrarse a la vista. Aun ahora no puedo siquiera comenzar a describirla con palabras. Solo puedo decir que era gigantesco... tentaculado... proboscidio... con ojos de calamar... semiamorfo... plástico... parcialmente escamoso y parcialmente rugoso... ¡agg! Pero nada de lo que pueda decir llega a insinuar el espantoso, impío, inhumano y extragaláctico horror, espanto y completa maldad de ese prohibido retoño del negro caos y la noche ilimitada. Incluso mientras escribo estas palabras, las imágenes mentales asociadas me hacen sentir débil y lleno de náuseas. Mientras les contaba todo esto a los hombres congregados a mi alrededor, tuve que esforzarme para no desmayarme de nuevo.

Mis oyentes no se movieron. Nadie habló en voz alta durante su buen cuarto de hora, y hubo referencias atemorizadas y medio solapadas a esa espantosa sabiduría recogida en el *Libro negro*, a las recientes informaciones periodísticas sobre la agitación ocultista, a los siniestros sucesos del museo. Ghatanothoa... incluso la más pequeña de sus imágenes, si era perfecta, podía petrificar... T'yog... el falso rollo... nunca volvió... el verdadero rollo podía deshacer parcial o totalmente la petrificación... ¿había sobrevivido?... los cultos infernales... las frases captadas... «no hay otro como él», «él lo miró cara a cara», «él sabe todo, aunque no puede ver ni sentir», «él es quien ha conservado el recuerdo a lo largo de los eones», «el verdadero rollo lo liberará», «Nagob tiene el rollo verdadero», «él puede decir dónde encontrarlo». Solo la curativa grisura del alba nos devolvió la cordura; una cordura que nos hizo considerar a eso que había entrevisto como un tema cerrado... algo sobre lo que no había que hablar o pensar de nuevo.

Informamos solo parcialmente a la prensa, y más tarde, en cooperación con la misma, censuramos ciertos datos. Por ejemplo, cuando la autopsia mostró que el cerebro y otros órganos internos del petrificado fidjiano estaban frescos e intactos, aunque herméticamente sellados por la petrificación de la carne exterior —una anormalidad sobre la que los médicos debaten aún cauta y desconcertadamente—, quisimos impedir una explosión de rumores. Sabíamos demasiado bien que los periódicos amarillos, recordando todo lo que se había dicho sobre el cerebro intacto y el estado consciente en que quedaban las víctimas petreo-correosas de Ghatanothoa, podrían sacar mucha tajada a ese detalle.

A la vista de los hechos, todo apuntaba a que el hombre que llevaba el rollo de los jeroglíficos —y que evidentemente lo había tendido hacia la momia, a través del agujero en la vitrina— no había quedado petrificado, en tanto que el hombre que no lo sujetaba sí había quedado así. Cuando nos pidieron hacer ciertos experimentos —tocar con el rollo tanto al cuerpo petreo-correoso del fidjiano como a la momia—, nos negamos, indignados ante tanta superstición. Por supuesto, retiramos a la momia de la vista del público y la llevamos al laboratorio del museo, en espera de un verdadero examen científico ante alguna autoridad médica cualificada. Recordando pasados sucesos, pusimos una fuerte vigilancia; pero, incluso así, hubo un intento de entrar en el museo el 5 de diciembre a las dos y veinticinco de la madrugada. El hecho de que se disparase la alarma antirrobos frustró el intento, aunque, por desgracia, el criminal o los criminales lograron escapar.

Ni un atisbo de todo esto llegó luego al público, de lo cual me congratulo. Quisiera que no hubiera nada más que contar. Habrá, por supuesto, alguna filtración, y no sé qué decidirán hacer mis albaceas con este manuscrito; pero, al menos, el caso no estará dolorosamente reciente en la imaginación de las multitudes cuando se produzca la revelación. De hecho, nadie creerá lo sucedido cuando por fin se haga público. Es una paradoja de las multitudes. Cuando sus periódicos amarillos dan a entender algo, están dispuestos a tragarse cualquier cosa; pero cuando tiene lugar una revelación formidable y anormal, se ríen y la desdeñan, considerándola una mentira. Aunque, en bien de la cordura general, quizá sea mejor así.

He dicho que teníamos planeado un examen científico de esa momia espeluznante. Se realizó el 8 de diciembre, exactamente una semana después de la odiosa culminación de todos esos sucesos, y estuvo a cargo del eminente doctor William Minot, ayudado por Wentworth Moore, Sc. D., taxidermista del museo. El doctor Minot había estado ya presente en la autopsia del fidjiano, extrañamente petrificado, una semana antes. También estaban presentes los señores Lawrence Cabot y Dudley Saltonstall, por parte de los fideicomisarios del museo, los doctores Mason, Wells y Carver, del equipo del museo, dos representantes de la prensa y yo mismo. Durante aquella semana, las condiciones del odioso espécimen no habían cambiado de forma notable, aunque alguna relajación en las fibras provocaba que la posición de aquellos ojos abiertos y vidriosos cambiase de vez en cuando. Todo el mundo tenía miedo de mirar a aquella cosa —ya que la idea de ser observados inmóvil y conscientemente se había vuelto intolerable— y solo haciendo un esfuerzo logré unirme a la autopsia en calidad de observador.

El doctor Minot llegó poco después de la una de la tarde y al cabo de pocos minutos ya había comenzado su estudio de la momia. Se desintegraba claramente bajo sus manos, en vista de lo cual —y de que le hablamos acerca de la gradual relajación que sufría desde el primero de octubre— se decidió por hacer una disección completa, mientras aún se podía. Como había equipo adecuado entre el material del laboratorio, comenzó sin dilación, exclamando en voz alta al palpar la extraña y fibrosa naturaleza de esa sustancia gris y momificada.

Pero su exclamación se hizo aún más tonante cuando realizó la primera de las incisiones profundas, ya que, a ese corte, siguió lentamente un espeso flujo de rojo cuya naturaleza —a pesar de las infinitas edades que separaban a esa infernal momia del presente— era inconfundible. Unos cuantos cortes más pusieron al descubierto a distintos órganos en asombrosos grados de no petrificación; todo, de hecho, estaba intacto, excepto allí donde daños externos habían causado deformación o destrucción. El parecido de tales condiciones con las encontradas en el fidjiano que murió de miedo era tan grande que el eminente médico se quedó boquiabierto y desconcertado. La perfección de aquellos terribles ojos saltones era asombrosa, y su perfecta conservación con respecto a la petrificación era muy difícil de determinar.

A las tres y media, abrió la bóveda craneal... y, diez minutos después, nuestro aturdido grupo pronunció un juramento de secreto que solo documentos ocultos, tales como este manuscrito, podrán modificar algún día. Incluso los dos reporteros se comprometieron de buena gana a guardar silencio. *Porque esa trepanación había puesto al descubierto un cerebro que pulsaba y vivía.*

Cosmos en colapso *

D AM BOR pegó sus seis ojos a las lentes del cosmosco-
pio. Sus tentáculos nasales se habían vuelto naranjas de
miedo y sus antenas zumbaban roncamente mientras dictaba
su informe al operador situado a sus espaldas.

—¡Ha sucedido! —gritó—. Ese borrón en el éter no
puede ser sino una flota procedente de fuera del continuo
espacio-tiempo que conocemos. Nunca nada como esto había aparecido antes. Tiene que ser un enemigo. Dé la alarma
a la Cámara de Comercio Intercósmica. No hay un minuto
que perder... se encuentra a menos de seis siglos de nosotros.
Hak Ni tiene que poner en marcha la flota sin dilación.

(Levanté la vista desde el *Windy City Grab-Bag*, que me
había servido para matar mis ratos de inactividad, en tiempos de paz, en la Patrulla Supergaláctica. El agraciado y jo-

---

* Título original: *Collapsing Cosmoses* (junio de 1935). Colabora-
ción con R. H. Barlow. Publicado por primera vez en *Leaves 2* (1938).
Existe un manuscrito en la Biblioteca John Hay de la Universidad de
Brown.

ven vegetal, con el que compartía mi cuenco de natillas de oruga desde la más temprana infancia, y con el que había recorrido cada pliegue de la ciudad intradimensional de Kastor-Ya) [1] mostraba, de veras, una expresión atemorizada en su rostro de color lavanda. Tras dar la alarma, nos subimos en nuestras bicicletas etéreas y, sin dilación, nos dirigimos al planeta exterior en el que tenía lugar las sesiones de la Cámara.

(En el interior de la Gran Sala de Congresos, que medía cinco metros cuadrados [con un techo bastante alto], se agolpaban delegados de las treinta y siete galaxias de nuestro universo inmediato. Oll Stof, presidente de la Cámara y representante del Soviet de los Sombrereros, alzó su hocico sin ojos con dignidad) y se preparó para dirigirse a la multitud allí reunida. Era un organismo protozoico, altamente desarrollado, procedente de Nov-Kas, y hablaba mediante la emisión de ondas alternas de calor y frío.

(—Caballeros —irradió—. Dado que un terrible peligro nos amenaza, he de someter el tema a su consideración.

La multitud aplaudió a rabiar, mientras una ola de excitación sacudía a aquella variopinta audiencia; aquellos que no tenían manos, hicieron resbalar unos tentáculos sobre otros.

Él entonces dijo:

—¡Hak Ni, repta hasta este estrado!

Se produjo un silencio sepulcral, durante el cual se pudo oír un suave deslizar) procedente de las vertiginosas alturas de la plataforma. (Hak Ni, el amarillento y valeroso comandante de nuestras tropas durante mucho tiempo, subió a esa

---

[1] Las partes entre paréntesis fueron escritas por R. H. Barlow. (Nota de S. T. Joshi para la edición de la Arkham House.)

gigantesca altura, que se remontaba varios centímetros sobre el suelo.

—Amigos míos —comenzó, con una elocuente crepitación de sus miembros posteriores—. Estas bienaventuradas columnas y paredes no merecen sufrir mi informe... —en ese momento, uno de sus numerosos parientes aplaudió—. Recuerdo muy bien cuando...

Oll Stof le interrumpió.)

—Te has anticipado a mis pensamientos y órdenes. Ponte en marcha y consigue la victoria para la vieja Intercósmica.

(Dos párrafos más tarde nos encontramos volando a través de innumerables estrellas, rumbo a una débil mancha situada a un millón de años luz y que era lo único que delataba la presencia del odiado enemigo, al que no habíamos visto. No sabíamos de cierto qué monstruos o aberraciones bullían entre las lunas del infinito; pero había una maligna amenaza en el resplandor que aumentaba sin cesar, hasta cubrir los cielos enteros. Muy pronto pudimos distinguir objetos definidos dentro de aquel borrón. Ante mis horrorizadas áreas de visión se abría un interminable despliegue de astronaves con forma de tijera, de perfiles completamente desconocidos.

Entonces, procedente del enemigo, nos llegó un sonido aterrador que pronto reconocí como un saludo y un desafío. Un escalofrío de respuesta me sacudió cuando recogí, con las antenas elevadas, esa amenaza de combate con una monstruosa invasión que amenazaba nuestro amado sistema procedente desde desconocidos abismos exteriores.)

Ante aquel sonido (que era algo así como el ruido de una máquina de coser oxidada, solo que mucho más horrible),

Hak Ni alzó, sin tardanza, su hocico en desafío, irradiando una orden a los capitanes de la flota. Instantáneamente, las inmensas espacionaves adoptaron formación de batalla, con tan solo un centenar o dos de ellas apartadas algunos años luz de la misma.

El desafío del espacio exterior *[1]

MIENTRAS LA LUZ BRUMOSA de los soles de zafiro ardía con cada vez mayor intensidad, la forma del globo que tenía delante se agitaba y disolvía en un caos alborotado. Su palidez, movimiento, música, se entremezclaban en la absorbente bruma... decolorándose hasta llegar a un desvaído color acerado, y adoptando un movimiento ondulatorio y zumbante. Y los soles de zafiro, a su vez, se derretían poco a poco en la grisácea infinitud de las pulsaciones sin forma.

---

* Título original: *Collapsing Cosmoses* (junio de 1935). Colaboración con R. H. Barlow. Publicado por primera vez en *Leaves 2* (1938). Existe un manuscrito en la Biblioteca John Hay de la Universidad de Brown.

[1] En las partes omitidas de esta historia, escrita entre varios escritores, el geólogo George Campbell ha encontrado un curioso cubo cristalino mientras disfruta de vacaciones en los bosques canadienses. Campbell examina el extraño objeto y observa en su interior una luminiscencia resplandeciente, semejante a la de un zafiro, y se siente arrastrado al interior del cubo. Es en este punto cuando comienza la parte de Lovecraft. (Nota de S. T. Joshi para la edición de la Arkham House.)

Entre tanto, la sensación de ser arrastrado hacia delante y afuera se volvía intolerable, increíble, cósmicamente intensa. Todas las pautas de velocidad conocida en la Tierra parecían ridículas en comparación, y Campbell comprendió que un vuelo así, en la realidad física, hubiera significado la muerte instantánea para un ser humano. Incluso en esa forma, en aquella extraña e infernal hipnosis o pesadilla, la impresión, casi visual, de estar volando como un meteoro, a punto estuvo de desquiciar su mente. Aunque no había verdaderos puntos de referencia en el gris, pulsante y rumoroso vacío, sentía que se estaba aproximando e incluso pasando a la velocidad de la luz. Por último, perdió la conciencia... una misericordiosa negrura lo absorbió todo.

Los pensamientos e ideas volvieron a George Campbell de forma repentina, en la más impenetrable oscuridad. No podía hacerse idea de cuántos momentos, o años, o eternidades, podía haber consumido su vuelo a través del vacío gris. Lo único de lo que era consciente era de que estaba por fin quieto y sin daño alguno. De hecho, la ausencia de cualquier sensación física era lo más destacable de su condición. Hacía incluso que la oscuridad pareciera menos sólidamente negra... lo que daba a entender que era una inteligencia privada de soporte corporal y más allá de los sentidos físicos, y no un ser corpóreo con los sentidos privados de los objetos que solían percibir. Podía pensar con claridad y rapidez —de forma casi preternatural—, pero no podía hacerse idea alguna de en qué situación se hallaba.

Mitad por instinto, comprendió que no se hallaba en su propia tienda de campaña. Bien pudiera haber despertado en ella, procedente de una pesadilla, para encontrarse en un mundo igualmente a oscuras; pero sabía que no era así. No había red debajo de él; sus manos no podían sentir las mantas ni la superficie de lona, ni la linterna que tenía que tener cerca; no había sensación de frío en el aire, no había faldones a través de los cuales pudiera entrever la pálida noche del exterior... algo iba mal, e iba mal en una forma espantosa.

Volvió su mente atrás, y pensó en el cubo fluorescente que le había hipnotizado, y en todo lo que había ocurrido después. Había sido consciente de que su mente se despegaba, pero fue incapaz de regresar. En el último instante había sufrido un estremecedor miedo pánico; un miedo subconsciente que era aún mayor del sufrido por la sensación de vuelo demoniaco. Procedía de algún vago destello de recuerdos lejanos... aunque no sabría decir exactamente cuál. Alguna formación celular en el fondo de su cerebro había debido encontrar una cualidad nebulosamente familiar en el cubo... y tal familiaridad estaba preñada de turbio terror. Ahora trataba de recordar por qué le era familiar y por qué le causaba tal terror.

Poco a poco le fue viniendo a la cabeza. Una vez —hacía mucho, en el curso de su ejercicio profesional como geólogo—, había leído acerca de algo parecido a ese cubo. Tenía algo que ver con esos discutibles e inquietantes trozos de arcilla llamados los Fragmentos de Eltdown. Sus formas y marcas eran tan extrañas que algunos eruditos daban a entender que eran artificiales, y aventuraban extrañas conjeturas sobre las mismas, así como sobre su origen. Procedían, claramente, de una época en la que no podían existir seres humanos sobre la Tierra, pero sus contornos y motivos eran condenadamente desconcertantes. Parecían haber sido arrancados de alguna superficie escrita de mayor tamaño. De ahí venía su nombre.

No era, empero, en los escritos de los sobrios científicos en donde Campbell había visto una referencia a una esfera cristalina, albergada en un disco. La fuente era menos académica e infinitamente más vívida. Hacia 1912, un clérigo sumamente versado en ocultismo, el reverendo Arthur Booke Winters-Hall, de Sussex, había afirmado ser capaz de leer las marcas inscritas en los Fragmentos de Eltdown, a través de algunos supuestos «jeroglíficos prehumanos», persistentemente reverenciados y esotéricamente transmitidos por ciertos grupos místicos; y había publicado, a sus propias expensas, lo que proponía como «traducción» de esas primigenias y desconcertantes «inscripciones»... una traducción mencionada con frecuencia, y con la mayor seriedad, por escritores de lo oculto. Esa traducción —un folleto sorprendentemente largo, habida cuenta del limitado número de Fragmentos existentes— era la de una narración, de autor supuestamente prehumano, y era la que contenía las referencias que ahora resultaban tan espantosas.

Según tal relato, en un mundo del espacio exterior —y, eventualmente, en incontable número de otros planetas— habitaba una poderosa raza de seres con aspecto de gusano, cuyos logros y control de las fuerzas de la naturaleza sobrepasaba a cualquier cosa que pudiera imaginar la mente terrestre. Habían dominado el arte del viaje interestelar relativamente temprano, y habían poblado cada planeta habitable de su propia galaxia... eliminando a las razas que se cruzaban en su camino.

Más allá de los límites de su propia galaxia —que no era la nuestra— no podían viajar en persona; pero, en su búsqueda de conocimientos a lo largo y ancho del espacio y el tiempo, descubrieron un método para salvar, con sus mentes, ciertos abismos transgalácticos. Diseñaron peculiares objetos; cubos, extrañamente energéticos, de un curioso cristal, que contenía talismanes hipnóticos, y los encerraron en envolturas esféricas de una sustancia desconocida, resistentes al espacio, que podían ser lanzados más allá de los límites de su universo, y que solo respondían a la atracción de la materia viva sólida.

Tales objetos, de los que necesariamente unos pocos irían a aterrizar en diversos mundos deshabitados de los universos exteriores, formaban los puentes etéricos necesarios para la comunicación mental. La fricción atmosférica incendiaba y destruía la envoltura protectora, dejando al cubo expuesto y susceptible de ser descubierto por las mentes inteligentes de los mundos en que caía. Dada su naturaleza, el cubo tenía que atraer y cautivar la imaginación. Tal cosa, unida a la acción de la luz, era bastante para que comenzasen a obrar sus especiales cualidades.

La mente que se fijaba en el cubo, podía ser arrastrada por el poder del disco y enviada mediante un hilo de oscura energía al lugar de donde había llegado, el remoto mundo de los vermiformes exploradores espaciales, más allá de inmensos abismos galácticos. Recibido en una de las máquinas a las que cada cubo esta unido, la mente cautiva permanecería suspendida sin cuerpo o sentidos hasta que fuese examinada por un espécimen de la raza dominante. Al hacerlo, por un oscuro proceso de intercambio, se produciría un cruce de inteligencias. La mente del investigador ocuparía entonces la extraña máquina, mientras que la mente cautiva iría a albergarse en el vermiforme cuerpo del interrogador. Luego, por otro proceso de intercambio, la mente del interrogador saltaría a través de insondables espacios, hasta llegar al cuerpo vacío e inconsciente del mundo transgaláctico... animando a su anfitrión de raza ajena como pudiese, para luego explorar ese mundo alienígena bajo el disfraz de uno de sus moradores.

Una vez realizada la exploración, el aventurero usaría el cubo y los discos para volver a casa, y, a veces, la mente capturada volvía sana y salva a su propio y remoto mundo. No siempre, no obstante, la raza dominante era tan benevolente. En ocasiones, cuando encontraban una raza con un potencial importante para el viaje espacial, los seres como gusanos podían emplear el cubo para capturar y aniquilar mentes a millares, y eliminaban la raza por razones políticas, usando las mentes exploradoras como agentes de destrucción.

En otros casos, grupos de los seres gusano podían ocupar permanentemente un planeta transgaláctico, destruyendo las mentes capturadas y aniquilando al resto de habitantes, como paso previo para asentarse empleando formas poco familiares. No pudieron nunca, empero, duplicar a la civilización madre, ya que el nuevo planeta no contenía todos los materiales necesarios para el arte de los seres vermiformes. Los cubos, por ejemplo, solo podían hacerse en el planeta hogar.

Solo unos pocos de los innumerables cubos que se enviaban lograban aterrizar y encontrar respuesta en un mundo habitado, ya que no existía nada que permitiera *apuntarlos* hacia metas situadas más allá de la visión o el entendimiento. Según la narración, solo tres de ellos habían aterrizado en nuestro propio universo. Uno lo había hecho en un planeta cercano al borde galáctico, hacía dos billones de años, mientras que otro había llegado, hacía unos tres mil millones de años, a un mundo cercano al centro de la galaxia. El tercero —y el único que se sabía hubiera invadido el sistema solar— había llegado a nuestra Tierra hacía ciento cincuenta millones de años.

Sobre ese era sobre el que hablaba, ante todo, la traducción del doctor Winter-Hall. Cuando el cubo llegó a la Tierra, escribía, la especie dominante era una inmensa raza cónica que sobrepasaba a todas las demás, anteriores o posteriores, en lo tocante a mentalidades y logros. Esa raza era tan avanzada que, de hecho, había enviado mentes a través del espacio y el *tiempo* para explorar el cosmos; de ahí que reconocieran lo que había ocurrido cuando el cubo cayó del cielo y ciertos sujetos sufrieron cambios mentales, después de mirar en su interior.

Dándose cuenta de que los individuos cambiados representaban mentes invasoras, los jefes de la raza los destruyeron sin tardanza, aun al precio de dejar a las mentes desplazadas exiliadas en el espacio exterior. Tenían ya experiencia con transiciones aún más extrañas. Cuando, a través de la exploración mental del espacio y el tiempo, se hicieron una idea aproximada de lo que era el cubo, lo ocultaron cuidadosamente a la luz y la vista, y lo guardaron como la amenaza que representaba. No quisieron destruir algo tan valioso, a lo que podían someter después a experimentos. De vez en cuando, algún aventurero poco escrupuloso e imprudente se acercaba al cubo y probaba sus poderes a pesar de las consecuencias... pero en todos los casos habían sido descubiertos y se había puesto remedio de forma drástica y eficaz.

El único resultado desagradable de todo aquello había sido que la raza vermiforme supo, por los nuevos exiliados, de lo que había ocurrido con sus exploradores en la Tierra, y desarrollaron un odio virulento hacia el planeta y sus formas de vida. De haber podido, lo hubieran despoblado, y enviaron nuevos cubos a través del espacio, con la loca esperanza de que, por accidente, llegasen a lugares no vigilados... pero no sucedió tal cosa.

Los seres terrestres con forma de cono guardaron el único cubo existente en un relicario especial, como si fuera un tesoro y una base para futuros experimentos, hasta que, con el paso de los eones, se perdió en el caos de guerra y destrucción que arrasó la gran ciudad polar donde estaba depositado. Cuando, cincuenta millones de años más tarde, aquellos seres enviaron en masa sus mentes al infinito futuro, para librarse de un indescriptible peligro procedente de las entrañas de la Tierra, ya se habían olvidado del siniestro cubo procedente del espacio exterior.

Eso era lo que se decía en los *Fragmentos de Eltdown,* según los ocultistas versados. Lo que hacía que tal historia resultase ahora oscuramente espantosa para Campbell era la precisión con la que el cubo alienígena había sido descrito. Cada detalle coincidía: dimensiones, consistencia, disco central cubierto de jeroglíficos, efectos hipnóticos. Según reflexionaba sobre aquel asunto, en la oscuridad de la extraña situación en que se hallaba, comenzó a preguntarse si todo lo ocurrido con el cubo de cristal —o incluso toda su existencia— no sería una pesadilla procedente de algún enloquecido recuerdo subconsciente, fruto de sus lecturas sobre temas estrafalarios y charlatanerías. De ser así, aún debía estar sumido en la pesadilla, ya que su estado, al parecer desencarnado, no tenía nada de normal.

Campbell no pudo estimar cuánto tiempo había consumido en esos desconcertados recuerdos y reflexiones. Todo lo tocante al estado en que se hallaba era tan irreal que las dimensiones y medidas ordinarias carecían de sentido. Le pareció una eternidad, pero quizá no había pasado mucho tiempo cuando se produjo una interrupción. Esta fue tan extraña e inexplicable como lo había sido la nada precedente. Sintió algo —más con la mente que con el cuerpo—, y al instante Campbell notó que sus pensamientos eran arrastrados o absorbidos sin ningún control por su parte, en una forma tumultuosa y caótica.

Se desataron recuerdos irresponsables e irrelevantes. Todo cuanto sabía —todo lo tocante a su entorno, tradiciones, experiencias, estudios, sueños, ideas e inspiraciones— afloró abruptamente, con una velocidad y abundancia tales que enseguida fue incapaz de percibir conceptos separados. El desfile de todos sus contenidos mentales se convirtió en una avalancha, una cascada, un torbellino. Era tan horrible y vertiginoso como el vuelo hipnótico a través del espacio, cuando el cubo de cristal lo arrastró. Por último, perdió la consciencia y cayó en un olvido misericordioso.

Otro periodo en blanco, imposible de cuantificar... y luego un lento flujo de sensaciones. Esta vez eran físicas, no mentales. Una luz del color del zafiro y un bajo retumbar de un sonido lejano. Había vagas impresiones táctiles y pudo constatar que estaba tumbado, cuan largo era, en algo, aunque parecían sumamente extrañas las sensaciones que recibía de su postura. No podía conciliar la presión de la superficie sobre la que se encontraba con su propia silueta... o con la silueta de cualquier ser humano. Trató de mover los brazos, pero no pudo hacerlo. En vez de eso, hubo ineficaces sacudidas nerviosas por todo el área que parecía marcar su cuerpo.

Trató de abrir algo más los ojos, pero no pudo conseguir que le respondiera el organismo. La luz de zafiro llegaba de forma vaga, difusa y nebulosa, y no pudo precisar cuál era su foco. Gradualmente, empero, las imágenes comenzaron a definirse de forma curiosa e impactante. Los límites de su visión no eran aquellos a los que estaba acostumbrado, pero pudo, a grandes rasgos, encajar las sensaciones que sentía con aquello que él entendía como vista. Según esta sensación se iba haciendo más y más estable, Campbell comprendió que debía estar aún sumido en plena pesadilla.

Se encontraba, al parecer, en una estancia de tamaño considerable, de media altura, pero con un gran área. A cada lado —y pudo ver, aparentemente, cuatro lados— había hendiduras altas y angostas, que parecían ser una combinación de puertas y ventanas. Había mesas bajas o pedestales de lo más singular, pero no muebles de naturaleza o proporciones normales. Era a través de las hendiduras por donde entraba la luz de zafiro, y más allá pudo ver, vagamente, las paredes y los techos de edificios fantásticos, que eran como cubos arracimados. En los muros —en los tabiques verticales situados entre las hendiduras— había extrañas marcas, de un carácter sumamente inquietante. Solo al cabo de un tiempo, Campbell se percató de por qué lo turbaban, y fue al darse cuenta de que eran del todo punto iguales a las de los jeroglíficos contenidos en el disco del cubo de cristal.

El verdadero elemento de pesadilla, sin embargo, era algo más que todo eso. Comenzó con el ser vivo que, de repente, entró a través de una de las troneras, acercándose con deliberación a él, portando una caja metálica de estrambóticas proporciones y caras cristalinas y espejadas. Ya que aquel ser no era como nada humano —o terrestre— que el hombre hubiera concebido en sus mitos y sueños. Se trataba de un gusano o centípedo gigantesco y gris pálido, al parecer sin ojos, con una cabeza llena de cilios y un orificio purpúreo y central. Se sostenía en sus pares traseros de patas, con su parte delantera vertical, de forma que esas patas, o al menos dos pares de las mismas, le sirvieran de brazos. A lo largo de su espina dorsal había una curiosa cresta púrpura y una cola en forma de abanico, de algún tipo de membrana gris, rematando todo aquel grotesco conjunto. Había un anillo de espinas rojas y flexibles en torno a su cuello, y, cuando las agitaba, se oían unos sonidos cliqueteantes y vibrantes que formaban ritmos medidos y deliberados.

Aquello era, desde luego, el súmmum de la pesadilla... una caprichosa fantasía llegando a su punto más alto. Pero ni siquiera tal visión hizo que George Campbell se desplomase por tercera vez en la inconsciencia. Se necesitó algo más —un toque final e insoportable— para conseguir tal cosa. Mientras aquel indescriptible gusano se le acercaba con su caja resplandeciente, el hombre yacente pudo captar en la superficie espejada de la misma un atisbo de lo que se suponía debía haber sido su cuerpo. Y ahí —explicando de forma horrible aquella descoordinación y esas sensaciones insólitas— no fue su cuerpo el que vio reflejado en el metal pulido. En vez de eso, lo que pudo ver fue la mole espantosa y gris claro de uno de los centípedos gigantes.

Fragmentos descartados de «La sombra sobre Innsmouth» *

E N EL VERANO DE 1927 interrumpí bruscamente mi gira turística por Nueva Inglaterra para regresar a Cleveland en un estado de crisis nerviosa. Apenas he mencionado detalles de tal viaje, y no creo que lo hiciese ahora, de no mediar un recorte reciente de periódico que ha hecho reverdecer la tensión que antes sentía. Un fuego incontenible, según parece, ha devorado la mayor parte de las antiguas casas vacías situadas a lo largo de los muelles de Innsmouth, así como cierto número de edificios levantados más al interior, al tiempo que una explosión simultánea, que se pudo escuchar desde muchos kilómetros alrededor, destruyó, hasta una enorme profundidad, el gran arrecife negro situado a unos

---

* Título original: *The Shadow Over Innsmouth* (noviembre?/3 de diciembre de 1931). Publicado por primera vez en la revista *Astounding Stories* (junio de 1936). Estos fragmentos descartados del relato definitivo son del segundo o tercer borrador, publicados por primera vez en *The Acolyte* 2, n.º 2 (primavera de 1944). Reeditados en la antología de Lovecraft *Something about Cats an Other Pieces,* Arkham House (1949).

dos kilómetros de la orilla, allí donde el fondo del mar desciende abruptamente para formar un abismo insondable. Por ciertas razones, he sentido una enorme satisfacción en tales sucesos, e incluso el primero de los mismos me parece más una bendición que un desastre. Me alegro especialmente que la vieja fábrica de joyas, construida en ladrillo, así como la Orden de Dagón, adornada con columnas, hayan desaparecido con los demás. Se habla de incendio provocado, y supongo que el viejo Padre Iwanicki podría contar muchas cosas, si quisiera, pero lo que yo sé, en mi opinión, puede dar una nueva perspectiva sobre todo el asunto.

Nunca había oído hablar de Innsmouth hasta el día antes de verlo por primera, y única, vez. Me parece que no se menciona en ningún mapa moderno y tenía pensado ir directamente del antiguo Newburyport a Arkham, y de ahí a Gloucester, si podía encontrar medio de transporte. No tenía coche, así que viajaba en tren, tranvía y coche de línea, buscando siempre la ruta más barata posible. En Newburyport me informaron de que había un tren de vapor que iba a Arkham y fue ya en el despacho de billetes, mientras dudaba ante lo caro del mismo, cuando oí hablar acerca de Innsmouth. El agente, que mostraba, por su habla, no ser de por allí, pareció simpatizar con los esfuerzos que hacía por economizar, y me brindó una sugerencia que nadie me había dado hasta el momento.

—Supongo que podría tomar ese viejo autocar —dijo, después de algún titubeo—, aunque no es muy apreciado por aquí. Pasa por Innsmouth, no sé si ha oído hablar de ese pueblo, y eso no le gusta nada a la gente. Lo conduce un tipo de por allí, Joe Sargent, y nunca lleva a nadie que sea de aquí o de Arkham, me parece. No sé si seguirá en activo, ahora que lo pienso. Supongo que será bastante barato, aunque nunca he visto que llevase a más de dos o tres personas... y todos eran de Innsmouth. Sale de la plaza, enfrente de la droguería de Hammond, a las diez de la mañana y a las siete de la tarde, si no ha cambiado de horarios. Es una verdadera tartana... yo nunca me he subido en él.

Esa fue la primera vez que oí hablar de la maldita Innsmouth. Cualquier referencia a una ciudad que no aparece en los mapas normales ni en las guías recientes me hubiera hecho, de por sí, interesar, y la extraña forma en que el empleado se refirió a ella despertó en mí verdadera curiosidad. Un pueblo capaz de inspirar tal desagrado a sus vecinos, pensé, tenía que ser a la fuerza de lo más insólita y digna de la atención de un turista. Si estaba en el camino de Arkham, podía pararme allí; así que le pedí al empleado que me hablase un poco al respecto.

Fue muy comedido en sus palabras y habló con el aire de quien se siente un poco por encima de todo lo que está contando.

—¿Innsmouth? Bueno, es un pueblo bastante extraño, situado en la desembocadura del Manuxet. Era algo así como una ciudad, sobre todo un puerto, antes de la guerra de 1812, pero lleva cayéndose a pedazos desde hace un siglo o más. No tiene ferrocarril ya... B&M nunca ha llegado hasta allí, y el ramal de Rowley se cerró hace años. Hay más casas vacías que habitadas, creo, y no quedan negocios destacables. Comercian, sobre todo, con esta ciudad, o con Arkham o Ipswich. En otro tiempo tenían bastantes fábricas, pero no les queda nada, aparte de una refinería de metales preciosos.

»Es algo notable, sin embargo, y todos los vendedores ambulantes han oído hablar de ella. Hace una clase especial de joyas de fantasía, con una aleación secreta que nadie es capaz de analizar del todo. Dicen que contiene platino, plata y oro... pero esa gente lo vende tan barato que resulta difícil de creer. Supongo que tienen alguna provisión de ese tipo de metales.

»El viejo Marsh, que es su dueño, debe ser tan rico como Creso. Es el nieto del capitán Obed Marsh, que fue el que estableció el negocio. Su madre debía ser alguna extranjera, dicen que venida de las islas de los mares del Sur, así que se organizó un tiberio el día que se casó con una chica de Ipswich, hace cincuenta años. Dicen muchas cosas de la gente de Innsmouth. Pero su hijo y su nieto tienen un aspecto de lo más normal, hasta donde yo puedo decir. Me los enseñaron cuando vinieron... aunque, ahora que caigo, no se ve últimamente a los hijos mayores por aquí. Yo nunca he visto al viejo.

»¿Y a qué tanta historia con Innsmouth? Bueno, joven, no preste demasiada atención a los chismes de la gente de por aquí. Les cuesta arrancar, pero, si comienzan, ya no hay quien los pare. Han estado murmurando sobre Innsmouth toda clase de habladurías durante los últimos cien años, creo, y tienen más miedo que otra cosa. Algunas de las historias le harían reír... cuentos acerca del viejo capitán Marsh haciendo pactos con el diablo y sacando demonios del infierno para llevarlos a vivir a Innsmouth, o sobre alguna especie de culto diabólico y espantosos sacrificios humanos que tuvieron lugar en algún punto cerca de los muelles, hasta que la gente los descubrió, en torno a 1845, y cosas por el estilo... pero yo soy de Panton, Vermont, y no me trago todas esas historias.

»Lo que de veras hay detrás de la aversión de la gente es, simplemente, un prejuicio racial... y no digo que les reproche por ello. Yo también siento inquina contra esa gente de Innsmouth y no tengo ninguna intención de poner el pie en su pueblo. Supongo que sabrá, aunque, por su forma de hablar, ya me he dado cuenta de que viene de la parte oeste, que un montón de barcos de Nueva Inglaterra solían visitar exóticos puertos de África, Asia, los mares de Sur y cosas así, y que a veces volvían con gente extraña. Probablemente ha oído hablar del tipo de Salem que regresó a casa con una esposa china y quizá sabrá que aún hay un buen montón de fidjianos asentados en la vecindad de Cape Cod.

»Bueno, algo de eso debe haber en la gente de Innsmouth. Ese lugar estuvo siempre muy aislado del resto de la región, gracias a las marismas y los riachos, y no sabemos gran cosa de los entresijos del asunto; pero está bastante claro que el viejo capitán Marsh debió volver con cosas muy extrañas cuando tenía tres buques a su mando, allá por los años veinte y treinta. Lo cierto es que hay algo muy raro en la gente de Innsmouth. No sé cómo explicarlo, pero le pone a uno la carne de gallina. Lo comprenderá en cuanto vea a Sargent, si es que se decide a tomar su autobús. Algunos de ellos tienen narices planas, bocas grandes y mentones huidizos, y una curiosa clase de piel gris y basta. Los lados de su cuello están como arrugados o en pliegues, y se quedan calvos, además, muy jóvenes. Nadie de por aquí o de Arkham quiere tener nada que ver con esa gente, y ellos se comportan de forma muy altiva cuando vienen a la ciudad. Solían usar el tren: iban hasta Rowley o Ipswich a cogerlo, pero ahora tienen ese autobús.

»Sí, hay un hotel en Innsmouth, Casa Gilman le llaman, pero no creo que sea gran cosa. No podría recomendárselo. Mejor quédese aquí y coja el autocar por la mañana, a las diez; luego podrá enlazar allí con un autobús vespertino, a las ocho, que lo llevará a Arkham. Había un inspector industrial que paraba en el Gilman, hace cosa de un par de años, y soltó un montón de insinuaciones desagradables sobre el local. Parecía albergar a gente rara, ya que el tipo ese escuchó voces, en otros cuartos —aunque casi todos estaban vacíos—, que le hicieron estremecer. Era un idioma extranjero, creía, y dijo que lo peor de todo era el tipo de voz que a veces se oía. Sonaba de lo más antinatural, como algo chapoteante, que dijo que no se atrevió a desnudarse y meterse en la cama. Se quedó esperando y no apagó la luz hasta que amaneció. Aquellas voces duraron casi toda la noche.

»El tipo ese, Casey se llamaba, tenía mucho que decir acerca de la vieja fábrica de Marsh, y lo que contaba encajaba muy bien con todas las historias extrañas que corren por aquí. Los libros estaban mal cuadrados, y la maquinaria parecía vieja y casi abandonada, como si no hubiera trabajado durante mucho tiempo. El lugar aún se surte de energía en las cascadas bajas del Manuxet. No había más que unos pocos empleados, y no parecían trabajar gran cosa. Me hizo pensar, cuando lo escuché, en los rumores que corren por aquí de que los Marsh no hacen ya las cosas que venden. Mucha gente dice que no reciben suministros bastantes como para tener la fábrica en marcha y que deben estar en realidad importando esos extraños adornos de algún lugar... de dónde en concreto, solo Dios lo sabe. Pero yo no creo tampoco eso. Los Marsh han estado vendiendo esos extraños anillos, brazaletes y tiaras y cosas así durante cerca de cien años; y si las hubieran estado sacando de algún lugar, ya se hubiera hecho público de dónde, después de tanto tiempo. Además, ya no entran buques ni carros en Innsmouth, así que no podrían hacer esas importaciones. Lo que aún compran son las clases más extrañas de cristales y abalorios coloreados, como los que debían usar para tratar con los salvajes en los viejos tiempos. Pero es algo extraño que todos los inspectores hayan siempre contado cosas extrañas de esa fábrica. Hace unos veinte años que uno de ellos desapareció en Innsmouth, y nunca se supo más de él; y yo mismo conocí a George Cole, que se volvió loco una noche, y tuvo que ser llevado a la fuerza, por dos hombres, al manicomio de Danvers, donde está aún hoy en día. Hablaba sobre una especie de ruidos, y chillaba cosas sobre "diablos marinos escamosos".

»Y eso me hace pensar en otra parte de las viejas historias, las que se refieren al arrecife negro frente a la costa. El arrecife del Diablo, le llaman. Está casi todo el tiempo sobre el agua, pero no es lo que uno podría llamar una isla. Cuentan que se han visto legiones de demonios, a veces, por ese arrecife... retozando alrededor, o entrando y saliendo en una especie de cuevas que hay cerca de la superficie. Es accidentado y escabroso, a su buen kilómetro mar adentro, y los marinos solían hacer grandes desvíos para salvarlo. Una de las cosas que tenían contra el capitán Marsh era que se suponía que arribaba allí a veces, de noche, cuando estaba en seco. Quizá esa formación rocosa le interesaba, pero lo que se decía era que tenía tratos con demonios. Eso fue antes de la gran epidemia de 1846, cuando murió casi la mitad de la gente de Innsmouth. Nunca se supo muy bien qué tipo de mal fue, aunque probablemente se trató de alguna plaga extranjera traída de China, o de algún otro lugar por el estilo, en un buque.

»La plaga debió llevarse la mejor sangre del lugar. Sea como fuere, hay una gente muy turbia por allí ahora, y no deben ser más de 500 ó 600. Los adinerados Marsh son igual de malos. Supongo que son lo que en el Sur llaman "basura blanca"..., gente sin ley y taimada, con mucho que ocultar. Son, sobre todo, pescadores de marisco, y es lo que exportan con carros. Nunca nadie ha llevado un registro de esa gente, y los funcionarios de educación y del censo lo tienen difícil con ellos. Por eso es por lo que, yo que usted, no pasaría la noche allí. Nunca he estado en ese lugar y no tengo ningún deseo de hacerlo, pero supongo que una visita diurna no puede hacerle daño alguno... aun cuando la gente de por aquí le advierta de que no lo haga. Si está haciendo turismo y buscando acerca de los viejos tiempos, Innsmouth es un buen lugar para visitar.

Así que empleé parte de esa tarde en la biblioteca pública de Newburyport, buscando datos sobre Innsmouth. Cuando traté de sonsacar a los lugareños en las tiendas, la casa de comidas, los garajes y el parque de bomberos, descubrí que eran huesos aún más duros de roer de lo que me había dicho el empleado de los billetes y comprendí que no podía perder el tiempo en ganarme su confianza. Tenían una especie de oscuro recelo y les disgustaba que alguien se interesase demasiado por Innsmouth. En la YMCA, donde me albergué, el bedel tan solo trató de disuadirme de ir a un sitio tan patético y decadente, y la gente de la biblioteca mostró, sobre todo, la misma actitud. Estaba claro que, a ojos de la gente de educación, Innsmouth era simplemente un caso extremo de degeneración local.

Las historias del condado de Essex, de los estantes de la biblioteca, contaban muy poco, aparte de que el pueblo fue fundado en 1643 y era conocida por sus carpinteros de ribera antes de la Independencia, siendo asiento de gran prosperidad marítima en la primera mitad del siglo diecinueve, para ser luego un centro fabril de menor entidad que usaba el Manuxet como fuente de energía. Las referencias a la decadencia eran escasas, aunque el significado de los registros tardíos era inconfundible. Tras la guerra civil, la actividad industrial local se redujo a la compañía refinadora Marsh y las cascadas bajas, y la venta de sus productos fue el resto que quedó del otrora gran comercio. Había pocos extranjeros, polacos y portugueses sobre todo, en la parte sur de la ciudad. Las finanzas locales eran míseras, y de no mediar la fábrica de los Marsh, el lugar se hubiera hundido en la bancarrota.

Vi una buena colección de folletos, catálogos y prospectos anuales de la Compañía Refinera Marsh en el departamento comercial de la biblioteca, y comencé a comprender cuán impresionante era aquella solitaria industria. Las joyas y ornamentos que vendían eran de la factura más fina posible y de la originalidad más extrema; tan delicadamente realizados, de hecho, que uno no podía dudar que la artesanía manual jugaba papel primordial en su elaboración. Algunas de las desvaídas imágenes me interesaron sobremanera, ya que lo extraño y lo bello de los diseños indicaban, a mi juicio, un genio profundo y exótico... un genio tan espectacular y extraño que uno no podía por menos que preguntarse de dónde había sacado esa inspiración. Era fácil de aceptar la jactancia de uno de los folletos, acerca de que tales piezas de joyería gozaban el favor de las gentes de gustos sofisticados, y que varias muestras se exhibían en museos de arte moderno.

Predominaban las piezas de gran tamaño —brazaletes, tiaras, y elaborados colgantes—, aunque también eran numerosos los anillos y otras piezas menores. Los diseños en alto y bajorrelieve —en parte convencionales y en parte ostentando curiosos motivos marinos— lucían un estilo tremendamente particular y completamente distinto a cualquier raza u época que yo pudiera conocer. Su carácter ajeno se veía acentuado por lo extraño de la aleación, cuyo efecto general quedaba de manifiesto en varias fotos a color. Algo en esos retratos me fascinaban intensamente —en una forma casi desproporcionada— y decidí ver cuántas piezas originales me fuera posible, tanto en Innsmouth como en las tiendas y museos. Y, sin embargo, había un elemento claro de repulsión que se mezclaba con esa fascinación, procedente, quizá, de esas viejas leyendas, malignas y enfermizas, acerca del fundador de la fábrica, que me había contado el empleado de los billetes.

La puerta de la tienda de ventas al por menor de Marsh estaba abierta, por lo que entré lleno de curiosidad. El interior era mísero y mal iluminado, pero albergaba un gran número de expositores construidos con solidez y pericia. Un hombre joven acudió a mi encuentro y, al estudiar su rostro, sentí una nueva ola de desagrado. No es que fuese feo, pero había algo sutilmente extraño y aberrante en sus facciones, y en su tono de voz. No pude evitar una aversión repentina y aguda, y sentí una inexplicable renuencia ante la idea de que me considerase una especie de curioso. Antes de darme cuenta, me encontré a mí mismo diciéndole que era un viajante de joyería de una empresa de Cleveland, y disponiéndome a mostrar un interés simplemente profesional en lo que iba a ver.

Era duro, empero, mantener tal fachada. El encargado encendió más luces y comenzó a llevarme de expositor en expositor; pero, cuando contemplé las resplandecientes maravillas que se mostraban ante mis ojos, apenas pude caminar correctamente o hablar con coherencia. No se necesitaba ser muy sensible a la belleza para, literalmente, quedarse boquiabierto ante el extraño y ajeno primor de aquellos costosos objetos, y, al contemplar fascinado, pude ver cuán poca justicia le habían hecho las fotos a color. Aun ahora, apenas puedo describir lo que vi, aunque aquellos que hayan comprado alguna pieza o las hayan visto en las tiendas y museos pueden muy bien hacerse una idea. El efecto conjunto de tantas muestras elaboradas era la que me producía un especial sentimiento de espanto y desazón. Por una razón u otra, aquellos objetos grotescos y rebuscados no parecían ser obra de ninguna artesanía terrena... y aún menos salidos de una fábrica situada a un tiro de piedra de donde me hallaba. Los motivos y decoraciones insinuaban espacios remotos y abismos inimaginables, y la naturaleza acuática de los ocasionales elementos acuáticos acentuaban el tono ultraterreno del conjunto. Algunos de los fabulosos monstruos re-

tratados me llenaban de un muy poco confortable sentido
de oscura pseudomemoria que traté de

....

la corrupción y blasfemia de la furtiva Innsmouth. Él, como
yo mismo, era un ser normal ajeno al manto de decadencia,
y eso solía aterrorizarlo. Pero, debido al hecho de estar inex-
tricablemente cerca de todo aquello, se había derrumbado
en una forma que yo aún no había experimentado.

Zafándose de las manos de los bomberos, que trataban de
detenerlo, el anciano se puso en pie y me dio la bienvenida
como si fuera un pariente suyo. El chico de la tienda de ul-
tramarinos me había contado dónde obtenía el tío Zadok la
mayor parte de su licor, y sin mediar palabra comencé a lle-
varle en esa dirección, a través de la plaza y girando en Eliot
Street. Su paso era sorprendentemente ligero para alguien de
su edad y estado, y supuse que, originalmente, debía haber
sido de constitución fornida. Mi prisa por dejar Innsmouth
lo habían acallado durante un momento, mientras que yo
sentía, a cambio, una extraña necesidad de profundizar en el
caótico acervo de extravagantes tradiciones que debía poseer
aquel balbuciente patriarca.

Una vez que compramos un cuartillo de güisqui en la
parte trasera del mugriento colmado, llevé al tío Zadok por
South Street hacia la zona, completamente abandonada, de
los muelles, y aún más lejos hacia el sur, hacia un lugar donde
ni siquiera los pescadores del lejano rompeolas podrían ver-
nos, por lo que podríamos hablar sin temer molestia alguna.
Por algún motivo desconocido, pareció desagradarle todo

eso —echaba miradas nerviosas hacia el mar, en dirección al arrecife del Diablo—, pero el cebo del güisqui era demasiado fuerte como para que pudiera resistirlo. Tras encontrar donde sentarnos al fondo de un muelle podrido, le di un trago de la botella y esperé que hiciera efecto. Naturalmente, procuré graduar cuidadosamente las dosis, ya que no quería que la locuacidad del viejo se trocara en estupor. Según iba tornándose progresivamente receptivo, comencé a aventurar algunos apuntes y preguntas acerca de Innsmouth, y me sentí realmente enervado por la terrible y sincera cualidad de espanto que tomó su voz amortiguada. No parecía tan loco como sus locas habladurías daban a entender, y me sentí estremecer, aun cuando no podía creer sus fantásticas invenciones. No podía creer que el supersticioso padre Iwanicki fuera tan crédulo.

POEMAS EN PROSA

Memoria *

E N EL VALLE DE NIS, la maléfica luna menguante brilla tenue, abriéndose paso con su luz, con difusos rayos, a través de los letales follajes de los grandes árboles upas. Y en las
profundidades del valle, allí donde no llega la luz, se mueven
formas que no están hechas para ser contempladas. La maleza crece prieta en las laderas, allí donde las malignas enredaderas y plantas rastreras se enroscan en torno a las piedras
de palacios arruinados, ciñéndose con fuerza a columnas rotas y extraños monolitos, y levantando pavimentos de mármol que fueron dispuestos por manos olvidadas. Y en los árboles, que crecen inmensos en ruinosos patios, brincan
pequeños monos, mientras que, entrando y saliendo de profundas criptas llenas de tesoros, se retuercen las serpientes ve-
nenosas y seres escamosos sin nombre.

Inmensas son las piedras que dormitan bajo capas de
musgo húmedo, y poderosos son los muros de los que se han

  * Título original: *Memory* (1919). Publicado por primera vez en *The
United Co-operative* 1, n.º 2 (junio de 1919). Reeditado en la antología
de Lovecraft *Beyond the Wall of Sleep,* Arkham House (1943).

desprendido. Sus constructores las erigieron para la eternidad y en verdad que aún sirven con nobleza, ya que, debajo de ellas, habita el sapo gris.

En el mismo fondo del valle se encuentra el río Than, cuyas aguas son fangosas y repletas de algas. Nace en arroyos ocultos y fluye hacia grutas subterráneas, y el Demonio del Valle no sabe por qué sus aguas son rojas, ni en dónde desemboca.

El Genio que acecha en los rayos de luna se dirigió al Demonio del Valle, diciéndole:

—Soy viejo y es mucho lo que he olvidado. Dime los hechos, aspecto y nombre de aquellos que edificaron estas ruinas de piedra.

Y el Demonio repuso.

—Mi memoria es buena y sé mucho del pasado, pero también yo soy viejo. Aquellos seres eran como las aguas del río Than, y no estaban hechos para ser entendidos. No recuerdo sus hazañas, ya que no fueron más que momentáneas. Recuerdo débilmente su aspecto, ya que era parecido al de los pequeños monos arbóreos. Sí recuerdo con claridad su nombre, ya que rimaba con el del río. Esos seres pretéritos se llamaban Humanidad.

Entonces, el Genio voló de vuelta a la luna creciente y el Demonio miró pensativo a un pequeño mono, que estaba subido en un árbol que crecía en un patio arruinado.

Nyarlathotep *

NYARLATHOTEP... el caos reptante... soy el último... tengo que hablar del caos sentiente...

No puedo recordar muy bien cómo empezó todo, aunque fue hace varios meses. La tensión pública era enorme. A una época de convulsiones políticas y sociales se añadió un extraño y sordo temor hacia un espantoso peligro físico; un peligro perenne y omnipresente, como si fuese uno que no tuviese igual más que entre los más terribles fantasmas de la noche. Recuerdo cómo el rostro de la gente se tornaba pálido y aterrorizado, y cómo susurraban admoniciones y profecías que nadie, conscientemente, se atrevería a repetir o a reconocer que había escuchado. Un sentido de culpa monstruosa pendía sobre la Tierra, y de los abismos que se abren entre las estrellas llegaban soplos helados que hacían que los hombres se estremecieran en oscuros y solitarios lugares. Había una de-

---

* Título original: *Nyarlathotep* (diciembre, 1920). Publicado por primera vez en *The United Amateur* 20, n.º 2 (noviembre de 1920). Reediciones: *The National Amateur* 43, n.º 6 (julio de 1926) y en la antología de Lovecraft *Beyond the Wall of Sleep,* Arkham House (1943).

moniaca alteración en el fluir de las estaciones. El calor del otoño se mantenía en una forma espantosa, y todos sentían como si el mundo, y quizá el universo, hubiera pasado del control de dioses o fuerzas conocidas a otras desconocidas.

Fue entonces cuando Nyarlathotep llegó de Egipto. Nadie sabría decir quién era, pero pertenecía a la vieja sangre indígena y tenía el aspecto de un faraón. Los fellahin se arrodillaban apenas verlo, aunque no podrían decir por qué. Afirmaba haberse alzado desde la negrura de veintiséis siglos, y que había escuchado mensajes procedentes de lugares que no eran este planeta. Nyarlathotep se internó en las tierras de la civilización, moreno, enjuto y siniestro, comprando sin cesar extraños instrumentos de cristal y metal, y combinándolos en instrumentos aún más extraños. Hablaba mucho sobre ciencias —electricidad y psicología—, y hacía exhibiciones de poder que dejaban siempre a sus espectadores sin habla, y que hacían subir su fama hasta extremos increíbles. Los hombres se decían, unos a otros, que fueran a ver a Nyarlathotep, y se estremecían. Y cuando Nyarlathotep llegaba, todo lo demás dejaba de tener importancia, ya que las horas de madrugada se llenaban de gritos de pesadilla. Nunca antes los gritos de las pesadillas habían sido un problema público; pero ahora los sabios casi deseaban que se prohibiera dormir de madrugada, para que los aullidos de las ciudades turbaran menos horriblemente a la pálida y compasiva luna, que resplandecía sobre las verdes aguas, mientras estas se deslizaban bajo puentes, y sobre los viejos chapiteles, desmoronados contra un cielo enfermizo.

Recuerdo cuando Nyarlathotep llegó a mi ciudad... la ciudad grande, vieja y terrible, de crímenes innumerables.

Mi amigo me había hablado de él, y, prendido por la irrefrenable fascinación y atracción de sus comentarios, ardía en ansiedad de explorar sus supremos misterios. Mi amigo me dijo que era horrible e impresionante, más allá de todo lo que pudiera imaginar mi más enfebrecida fantasía; que se iban a proyectar en una pantalla, en la oscurecida estancia, profecías que nadie sino Nyarlathotep osaría hacer, y que, al chisporroteo de las chispas, surgían cosas de los hombres como nunca antes se habían mostrado ante sus ojos. Y escuché muchos rumores acerca de que aquellos que conocían a Nyarlathotep veían cosas que las demás gentes eran incapaces.

Fui a ver a Nyarlathotep en el cálido otoño, en mitad de la noche, entre inquietas multitudes, a través de la noche sofocante y subiendo escaleras interminables hasta llegar a una estancia asfixiante. Y, ensombrecidas en la pantalla, vi figuras encapuchadas entre ruinas, y malignos rostros amarillos acechando desde detrás de caídos monumentos. Y vi al mundo combatiendo contra la negrura, contra las olas de destrucción del espacio supremo; retorciéndose, revolviéndose, debatiéndose en torno a un sol que menguaba y enfriaba. Luego, las chispas danzaron de forma asombrosa en torno a la cabeza de los espectadores, y el pelo se nos puso de punta mientras sombras más grotescas de lo que podría describir llegaban para instalarse sobre nuestras cabezas. Y cuando yo, más científico y frío que el resto, musité una trémula protesta acerca de «impostura» y «electricidad estática», Nyarlathotep nos condujo a todos fuera, bajando las vertiginosas escaleras, hasta llegar a las húmedas, calientes y abandonadas calles de la medianoche. Grité bien alto que no tenía miedo, que nunca tendría miedo, y otros me corearon. Nos juramos unos a otros que la ciudad era exactamente la misma y que aún seguía viva; y cuando las luces eléctricas comenzaron a desvanecerse, empezamos a maldecir sin descanso, y nos reímos de las extrañas caras que teníamos todos.

Creo que sentimos cómo algo llegaba de la luna verdosa, ya que, cuando comenzamos a ver a su luz, nos dispusimos en curiosas e involuntarias formaciones, y parecía como si conociésemos nuestro destino, aunque no osábamos pensar en ello. Luego miramos al suelo y vimos las baldosas sueltas, y desplazadas por la hierba, con apenas una línea de metal herrumbroso para mostrar dónde habían estado las bocas de alcantarilla. Y vimos un tranvía solitario, con las ventanas rotas, arruinado y casi volcado. Cuando miramos hacia el horizonte, no pudimos ver la tercera torre en el río, y nos percatamos de que la silueta de la segunda estaba desmochada. Luego nos dividimos en columnas estrechas, y cada una de ellas se vio arrastrada en una dirección diferente. Una desapareció en un callejón angosto, a la izquierda, dejando solo detrás el eco de un lamento estremecedor. Otra se lanzó por una entrada de metro llena de maleza, aullando con risas de loco. Mi propia columna se vio lanzada a campo abierto y entonces sentí un frío que no era del otoño caliente, y, según contemplábamos el yermo oscuro, vimos en torno a nosotros al infernal resplandor lunar, nieves malignas. Nieve inexplicable y sin huellas, barrida a tramos hacia un punto en el que se abría una sima que era aún más negra debido a sus muros resplandecientes. La columna pareció aún más delgada, de hecho, según se dirigía ensoñadamente hacia la sima. Yo me quedé atrás, ya que el negro abismo, en la nieve iluminada de verde, me resultaba espantoso, y creí escuchar las reverberaciones de inquietantes lamentos mientras mis compañeros se desvanecían en su interior, pero mi capacidad de resistir era limitada. Como reclamado por aquellos que se habían ido antes, medio floté entre titánicos ventisqueros, temblando y temeroso, hacia el interior del invisible vórtice de lo inimaginable.

Aullantemente sensible o mudamente delirante, solo los dioses pretéritos podrían decirlo. Una enfermiza y sensitiva sombra retorciéndose en manos que no eran manos, y contorsionándose de forma ciega más allá de fantasmales medianoches de putrefacta creación, cadáveres de mundos muertos con úlceras que fueron ciudades, vientos de corrupción que arañan a las pálidas estrellas y menguan su luz. Más allá de los mundos, difusos fantasmas de seres monstruosos, entrevistas columnas de impíos templos que descansan sobre indescriptibles piedras situadas bajo el espacio, y que alcanzan vertiginosos vacíos situados más allá de las esferas de luz y oscuridad. Y a través de ese vertiginoso cementerio del universo se escucha el hondo y enloquecedor batir de tambores, y el agudo y monótono son de flautas, procedentes de inconcebibles y oscurecidas estancias situadas más allá del tiempo; el detestable redoblar y tocar a cuyos sones danzan de forma lenta, pesada y absurda los gigantescos y tenebrosos dioses últimos... las gárgolas ciegas, mudas e idiotas, cuya alma es Nyarlathotep.

Ex oblivione *

CUANDO EL FINAL llegó para mí y los últimos espantosos retazos de existencia comenzaron a arrastrarme hacia la locura, semejantes a las gotitas de agua que los torturadores dejan caer incesantemente sobre un punto concreto del cuerpo de su víctima, busqué el radiante refugio de los sueños. En ellos obtuve un poco de la belleza que había buscado en vano en vida, y vagabundeé a través de antiguos jardines y bosques encantados.

En cierta ocasión, cuando el viento era suave y aromático, escuché el reclamo del Sur, y navegué de forma interminable y lánguida bajo extrañas estrellas.

Una vez, cuando la lluvia caía suave, me deslicé en una gabarra por una corriente subterránea y oscura, hasta alcanzar otro mundo de crepúsculo púrpura, árboles iridiscentes y rosas inmortales.

---

* Título original: *Ex Oblivione* (1920-1921). Publicado por primera vez en *The United Amateur*, n.º 4 (marzo de 1921). Reeditado en la antología de Lovecraft *Beyond the Wall of Sleep*, Arkham House (1943).

Y en cierta ocasión deambulé a través de un valle dorado, que llevaba a ensombrecidas arboledas y ruinas, e iba a terminar en un tremendo muro verde, cubierto de antiguas enredaderas y perforado por una pequeña puerta de bronce.

Caminé muchas veces por ese valle, y me demoraba cada vez más, progresivamente, en ese espectral crepúsculo en el que los árboles gigantes se retorcían y contorsionaban de forma grotesca, y el terreno gris se extendía húmedo, de tronco en tronco, desvelando a veces las piedras musgosas de templos enterrados. Y siempre, en la meta de mis fantasías, estaba el poderoso muro cubierto de enredaderas, con su pequeña puerta de bronce.

Pasado cierto tiempo, mientras los días de vigilia se hacían cada vez menos llevaderos, por culpa de su grisura y monotonía, buscaba a menudo una paz opiácea a través del valle y las arboledas en sombras, y me preguntaba cómo podría quedarme a vivir allí por siempre, de forma que no necesitase arrastrarme ya más por un mundo mate, desprovisto de interés y nuevos colores. Y, según contemplaba la pequeña puerta en el gran muro, tuve la sensación de que, detrás, había un país onírico, del cual, una vez hubiera entrado, no querría nunca regresar.

Así que cada noche, en sueños, luchaba por encontrar el oculto picaporte de la puerta en el muro sepultado de hiedra del templo, aunque debía estar de lo más escondido. Y me decía a mí mismo que el territorio situado más allá del muro no era una simple continuación del de este lado, sino otro más adorable y brillante en vez.

Entonces, una noche, en la ciudad onírica de Zakarion, encontré un papiro amarillento, repleto de los pensamientos de sabios oníricos que moraron antiguamente en esa ciudad, y que eran demasiado sabios incluso como para ir a nacer en el mundo vigil. Allí habían escrito muchas cosas tocantes al mundo de los sueños, y entre ellos estaba una referencia a un valle dorado y una arboleda sagrada, con templos y una gran muralla de pequeña puerta de bronce. Apenas ver tal cosa, supe que se refería a los paisajes que había visto, y me lancé a leer a fondo el papiro amarillo.

Algunos de los sabios oníricos escribían regocijados acerca de los prodigios de más allá de esa puerta infranqueable, pero otros hablaban de horror y desagrado. No supe a cuál creer, aunque cada vez deseaba más y más cruzar por siempre a la tierra desconocida, ya que la duda y el secreto son el cebo de cebos, y ningún horror nuevo puede ser más terrible que la tortura diaria de lo vulgar. Así que, cuando me hice ducho en las drogas que podían abrir la puerta y llevarme más allá, decidí tomarlas el siguiente día que despertase.

La última noche me tragué las drogas y floté soñadoramente por el valle dorado y las arboledas en sombras; y cuando llegué esta vez al antiguo muro, vi que la pequeña puerta de bronce estaba entornada. De más allá llegaba un resplandor que iluminaba de forma extraña los gigantescos árboles retorcidos y las cimas de los templos enterrados, y me lancé adelante con jolgorio, esperando contemplar la gloria de la tierra de la que nunca habría de retornar.

Mientras la puerta se abría, y la magia de las drogas y el sueño me empujaban hacia delante, supe que todas las visiones y glorias habían llegado a su fin, ya que en ese nuevo territorio no había tierra o mar, sino solo el vacío blanco del espacio desierto e ilimitado. Así que, más feliz de lo que nunca había osado suponer, me disolví de nuevo en mi nativa infinitud del olvido cristalino, del que el demonio llamado Vida me había sacado para una hora corta y desolada.

Lo que nos trae la Luna *

O DIO A LA LUNA —le tengo miedo—, ya que, cuando brilla sobre ciertas escenas familiares y amadas, a veces las convierte en desconocidas y odiosas.

Fue durante el espectral verano cuando el brillo de la Luna se derramó sobre el viejo jardín por el que yo deambulaba; el espectral verano de narcóticas flores y húmedos mares de follajes que provocan sueños extraños y multicolores. Y mientras paseaba junto a la poco profunda corriente de cristal, vi ondas inesperadas, rematadas en luz amarilla, como si esas plácidas aguas se vieran arrastradas, por irresistibles corrientes, rumbo a extraños océanos que no pertenecen a este mundo. Silenciosas y centelleantes, brillantes y funestas, esas aguas condenadas se dirigían hacia no sabía yo dónde, mientras que, en las riberas de verdor, blancas flores de loto se

* Título original: *What the Moon Brings* (5 de junio de 1922). Publicado por primera vez en *The Nacional Amateur* 45, n.º 5, mayo de 1923. Reeditado en la antología de Lovecraft *Beyond the Wall of Sleep,* Arkham House (1943). Existe un manuscrito en la Biblioteca John Hay de la Universidad de Brown.

abrían una tras otra al opiáceo viento nocturno y caían sin esperanza a la corriente, arremolinándose en forma horrible, yendo hacia delante, bajo el puente arqueado y tallado, y mirando atrás con la siniestra resignación de las fuerzas calmas y muertas.

Y, mientras corría por la orilla, aplastando flores dormidas con pies descuidados, enloquecido en todo momento por el miedo a seres desconocidos y la atracción de las caras muertas, vi que el jardín, a la luz de la luna, no tenía fin; ya que, allí donde durante el día se encontraban los muros, ahora se extendían tan solo nuevas visiones de árboles y senderos, flores y arbustos, ídolos de piedra y pagodas, y meandros de corriente iluminada en amarillo, pasando herbosas orillas y bajo grotescos puentes de mármol. Y los labios de los rostros muertos del loto susurraban con tristeza, y me invitaban a seguir, así que no me detuve hasta que la corriente llegó a un río y desembocó, entre pantanos de agitadas cañas y playas de resplandeciente arena, en la orilla de un inmenso mar sin nombre.

La espantosa luna brillaba sobre ese mar, y sobre sus olas inarticuladas pendían extraños perfumes. Y al ver desvanecerse en sus profundidades las caras de loto, lamenté no tener redes para poder capturarlas y aprender de ellas los secretos que la luna había transportado a través de la noche. Pero, cuando la luna derivó hacia el oeste y la silente marea refluyó de la sombría ribera, vi, bajo esa luz, viejos chapiteles que las olas casi cubrían, así como columnas blancas con festones de algas verdes. Y sabiendo que ese lugar estaba completamente poseído por la muerte, temblé y no deseé más hablar de nuevo con los rostros de loto.

Entonces vi de lejos, sobre el mar, a un gran cóndor negro que descendía del cielo para buscar descanso en un gran arrecife; y de buena gana le hubiera preguntado, para informarme sobre aquellos que había conocido cuando estaba vivo. Se lo hubiera preguntado de no estar tan lejos; pero lo estaba, y mucho, y desapareció totalmente al estar demasiado cerca de ese arrecife gigante.

Así que observé cómo la marea se retiraba bajo esa luna en declive, y vi resplandecer los chapiteles, las torres y los tejados de esa ciudad muerta y goteante. Mientras miraba, mi olfato tuvo que debatirse contra el sobrecogedor olor de los muertos del mundo; ya que, en verdad, en ese lugar ignoto y olvidado estaba toda la carne de los cementerios, reunida por hinchados gusanos marinos que roen y se atiborran de ella.

La maligna luna colgaba ya muy baja sobre esos horrores, pero los gordos gusanos no necesitan a la luna para poder comer. Y, mientras observaba las ondulaciones que delataban el rebullir de gusanos debajo, sentí un nuevo frío venido de lejos, que me indicó que el cóndor había alzado el vuelo, como si mi carne hubiera detectado el horror antes de que mis ojos pudieran verlo.

No se había estremecido mi carne sin motivo, ya que, cuando alcé los ojos, vi que las aguas se habían retirado hasta muy lejos, mostrando mucho del inmenso arrecife cuyo borde avistara antes. Y cuando vi que ese arrecife no era más que la negra corona basáltica que culminaba a un estremecedor ser monstruoso, cuya terrible frente brillaba ahora a la tenue luz de la luna, y cuyas viles pezuñas debían hollar el fango infernal, situado a kilómetros de profundidad, grité y grité hasta que el oculto rostro surgió de las aguas, y hasta que los escondidos ojos me miraron, luego de la desaparición de esa lasciva y traicionera luna.

Y, para escapar de ese ser implacable, me zambullí contento y sin dudar en las hediondas bajuras donde, entre muros llenos de algas y hundidas calles, los gruesos gusanos de mar hozan en los cadáveres de los hombres.

NARRACIONES LITERARIAS

Una reminiscencia
del doctor Samuel Johnson * 1

E L PRIVILEGIO de las reminiscencias, no importa lo con-
fusas o pesadas que estas resulten, es algo que corresponde
generalmente a la gente de mucha edad; y realmente, con frecuencia, gracias a tales recuerdos llegan a la posteridad los
sucesos oscuros de la historia, así como las anécdotas menores ligadas a los grandes hechos.

Para aquellos de mis lectores que han observado y apun-
tado, a veces, la existencia de una especie de veta antigua en mi

---

* Título original: *A Reminiscence of Dr. Samuel Johnson* (1917). Publicado por primera vez en *The United Amateur* 17, n.º 2 (noviembre de
1917).

1 Samuel Johnson, nacido en 1709 y muerto en 1782, fue erudito,
crítico, poeta y polemista, de enorme influencia en la Inglaterra de su
tiempo, el siglo XVIII, que tanta fascinación ejerció sobre Lovecraft. El siguiente relato es un buen reflejo de esa atracción que ejerció sobre el
autor, pues es un repaso del círculo de literatos (en su mayor parte desconocidos para el público español) que se reunieron alrededor del doctor Johnson y que fueron modelo a emular, en muchos aspectos, para el
escritor de Providence.

forma de escribir, me ha sido grato presentarme como un hombre joven entre los miembros de mi generación, y alimentar la ficción de que nací en 1890 en América. Ahora estoy dispuesto, no obstante, a desvelar un secreto que había guardado por miedo a la incredulidad, y a hacer partícipe al público de un conocimiento acumulado sobre una era de la que conocí, de primera mano, a sus más famosos personajes. Así pues, sepan que nací en el condado de Devonshire, el 10 de agosto de 1690 (o, según el nuevo calendario gregoriano, el 20 de agosto), así que por tanto mi próximo cumpleaños será el 228. Habiéndome trasladado pronto a Londres, conocí siendo muy joven a muchos de los más celebrados gentilhombres del reinado de Guillermo, incluyendo al llorado Dryden, que era asiduo a las tertulias del Café de Will. Más tarde conocería a Addison y Switf, y fui aún más íntimo de Pope, al que conocí y respeté hasta el día de su muerte. Pero es del más tardío de todos mis conocidos, el finado doctor Johnson, del que deseo escribir, de forma que le haré llegar mi juventud hasta estos días.

Mi primer encuentro con el doctor fue en mayo del año 1738, no habiéndole conocido hasta entonces. Pope apenas acababa de terminar el epílogo a su *Sátiros* (la composición comenzaba: «No aparecen dos así en el mismo año») y se disponía a su publicación. El mismo día de su aparición, se publicó también una sátira, imitando el estilo de Juvenal, titulada *Londres* y obra del entonces desconocido Johnson; tanto impacto tuvo que muchos hombres de talento declararon que era obra de un poeta aún más grande que Pope. Sin embargo, pese a que algunos detractores han dicho que Pope se sintió envidioso, este no escatimó los elogios a su nuevo rival, y habiendo sabido por Richardson quién era su nuevo rival, me comentó «este Johnson pronto estará *deterré*».

No tuve contacto personal con el doctor hasta 1763, cuando, en el Mitre, me lo presentó James Boswell, un joven escocés de buena familia y muy instruido, pero de escaso genio y cuyas efusiones métricas había yo a veces revisado.

El doctor Johnson, tal y como le vi por primera vez, era un personaje gordo y chaparro, muy mal vestido, de un aspecto desaseado. Recuerdo que gastaba un pelucón enmarañado, suelto y sin espolvorear, que le venía pequeño a la cabeza. Sus ropajes eran de un pardo herrumbroso, muy deteriorados, y a falta de más de un botón. Su rostro, demasiado lleno para ser agraciado, estaba además marcado por los efectos de algún desorden glandular, y su cabeza se agitaba de continuo, presa de una especie de convulsión. Ya sabía yo de todo eso, no obstante, de labios del propio Pope, que se había cuidado de hacer indagaciones.

Teniendo setenta y tres años, diecinueve más que el doctor (y digo doctor aunque tal distinción no llegó hasta dos años más tarde), esperaba, desde luego, alguna consideración a mis años, y no le tenía tanto miedo como otros. Cuando le pregunté qué pensaba de mi comentario favorable acerca de su diccionario en el *Londoner*, mi periódico, me contestó:

—Señor mío, no recuerdo haber ojeado su periódico, y no tengo ningún interés en las opiniones de la parte menos severa de la humanidad.

Más que un poco molesto por lo poco educado de ese tipo, cuya celebridad me había hecho recabar su aprobación, me arriesgué a replicarle y le informé que me sorprendía que un hombre sensible pudiera opinar sobre la dureza de alguien a quien él mismo admitía no haber leído nunca.

—Eso se debe, señor —repuso Johnson— a que no necesito entrar en contacto con los escritos de un hombre para calibrar la superficialidad de sus opiniones, si el mismo lo muestra con su avidez por mencionar su propia producción en la primera pregunta que me hace.

Habiéndonos convertido después en amigos, hablamos de muchos asuntos. Cuando, para complacerlo, le dije que disentía de la autenticidad de los poemas de Ossian, Johnson me replicó:

—Señor, eso no le da gran mérito, puesto que toda la ciudad lo sabe y no es un gran descubrimiento para un crítico de Grub-Street. ¡Igualmente podría haber sospechado que Milton era el autor de *El paraíso perdido!*

De ahí en adelante, vi a Johnson a menudo, sobre todo en reuniones del club literario que él mismo había fundado el año anterior, en compañía de Burke, el orador parlamentario Beauclerk; un caballero de posición, Langton; un hombre devoto y capitán de milicias, sir J. Reynolds; el famoso pintor doctor Goldsmith; el prosista y poeta Nugent, suegro de Burke; sir John Hawkins; Anthony Chamier y yo mismo. Nos reuníamos, por lo general, a las siete en punto de la tarde, una vez por semana, en el Turk's Head de Gerrand Street, Soho, hasta que la taberna fue vendida y transformada en residencia privada; entonces fuimos sentando reales, sucesivamente, en el Prince's de Sackville Street, Le Tellier's de Dover Street y en Parsloe y The Tatched House de St. Jame's Street. En tales reuniones se mantenía un algo grado de cordialidad y serenidad, que contrastan favorablemente con algunas disensiones y disputas que veo hoy en día en las actuales asociaciones literarias y de aficionados. Esa tranquilidad era aún más destacable por cuanto que aquellos caballeros mantenían opiniones muy distintas. El doctor Johnson y yo mismo, entre otros, éramos tories, mientras que Burke era whig y contrario a la guerra con Estados Unidos, y muchos de sus alegatos, en tal sentido, habían gozado de amplia difusión. El menos cordial de los miembros era uno de sus fundadores, sir John Hawkins, que más tarde escribiría muchas falsedades sobre nuestra sociedad. Sir John, un excéntrico, se negó cierta vez a pagar su parte proporcional de la cena, alegando que en su casa no había costumbre de cenar. Más tarde insultó en una forma intolerable a Burke, lo que hizo que los demás le mostrásemos nuestra desaprobación, y después de tal incidente nunca volvió a nuestras reuniones. Aun así, jamás rompió con el doctor, y fue el albacea de su testamento, aunque Boswell y otros tenían sus razones para recelar de la sinceridad de su apego. Otros miembros posteriores del club fueron David Garrick, actor y amigo de la niñez del doctor Johnson; Tho. y Jos. Warton; Adam Smith; el doctor Percy, autor de *Reliques*; Edward Gibbon, el historiador; Burney, el músico, el crítico Malone y Boswell. Garrick logró entrar solo con gran dificultad, ya que el doctor, pese a la gran amistad que los unía, sentía una gran aversión hacia la farándula y todo cuanto tuviera que ver con ella. Johnson, de hecho, tenía el hábito singular de apoyar a Davy cuando otros estaban en su contra, y de refutarlo cuando los demás le apoyaban. No tengo la menor duda de que apreciaba sinceramente a Garrick, ya que nunca se refirió a él en la misma forma en que lo hizo con Foote, que era un tipo de lo más grosero, a pesar de su genio cómico. Gibbon no gozaba de mucha popularidad, ya que tenía una odiosa risa sarcástica que ofendía a todos aquellos que tanto admirábamos su trabajo histórico. Goldsmith, un hombrecillo siempre atento a su atavío y poco brillante en conversación, era mi favorito, ya que yo era igualmente incapaz de destacar en retórica. Sentía una gran envidia hacia el doctor Johnson, aunque no por eso lo quería y admiraba menos. Recuerdo que cierta vez un extranjero, alemán me parece, se sentó con nosotros y que, mientras Goldsmith hablaba, reparó en que el doctor se disponía a decir algo. Viendo, en el fondo, a Goldsmith como un simple charlatán en comparación con el gran hombre, el extranjero lo interrumpió y redondeó aquel acto agresivo al gritar: ¡Silencio, el doktor Shonson va a hablar!

En compañía tan preclara, se me toleraba más por mis años que por mi ingenio o mi sabiduría, no siendo rival para ninguno de ellos. Mi admiración por el famoso monsieur Voltaire provocó la desaprobación del doctor, que era profundamente ortodoxo y que solía decir del filósofo francés: «Vir est acerrimi ingenii et paucarum literarum».

Boswell, un pequeño petimetre al que había conocido ya tiempo atrás, solía divertirse a costa de mis modales pacatos, así como de mis anticuados ropajes y peluca. Estando cierta vez tocado por el vino (a que era aficionado en demasía), trató de satirizarme mediante una composición en verso, escrita sobre la superficie de la mesa; pero falló en la inspiración de su escrito y cometió un tremendo error gramatical. Como yo mismo le dije, mejor que no diera publicidad a la fuente última de su poesía. En otra ocasión, Bozzy (que era como solíamos llamarlo) me recriminó la dureza que yo mostraba hacia los nuevos escritores, en los artículos que escribía para *The Monthly Review*. Según él, echaba a patadas a cualquiera que se acercase a las laderas del Parnaso.

—Señor —repliqué—, está usted en un error. Aquellos que pierden su asidero lo hacen por su propia falta de fuerza; al desear ocultar su debilidad, atribuyen la falta de éxito al primer crítico que los menciona.

Y me alegra recordar cómo el doctor Johnson me apoyó en tal asunto.

No había nadie que se preocupase más que el doctor Johnson, en cuanto a las molestias que se tomaba, a la hora de revisar los ripios ajenos. De hecho, se dice que en el libro del pobre viejo ciego Williams apenas hay un par de estrofas que no sean obra del doctor. En cierta ocasión me recitó algunos versos que un criado del duque de Leeds había compuesto, que le habían divertido y que había aceptado por amabilidad. Se referían a la boda del duque y recordaban tanto, en su calidad, al trabajo de otros y más recientes poetastros, que no puedo por menos que transcribirlos:

Cuando el duque de Leeds se casó
con una joven dama de alta posición,
cuán feliz esa damisela fue
en compañía de su gracia el duque de Leeds.

Le pregunté al doctor si alguna vez había tratado de sacar algo de esa composición, y cuando me dijo que no, me divertí haciendo la siguiente corrección.

Cuando el galante Leeds felizmente se desposó
con una virtuosa bella de rancio abolengo,
cuán pudo regocijarse la doncella con verdadero orgullo
¡de conseguir un esposo tan noble a su lado!

Cuando se la mostré al doctor Johnson, este me dijo:

—Caballero, ha hecho que dé de sí; pero no ha conseguido poner ni ingenio ni poesía en los versos.

Nada me complacería más que seguir contándoles mis experiencias con el doctor Johnson y su círculo de talentos, pero soy un anciano y me canso con facilidad. Suelo divagar sin mucha lógica o continuidad cuando trato de recordar el pasado, y temo ser capaz de arrojar poca luz sobre incidentes que otros no hayan discutido ya. Si esta reminiscencia goza de aceptación, quizá ponga en otra ocasión, por escrito, otras anécdotas de tiempos de los cuales soy el único superviviente. Recuerdo muchas cosas de Sam Johnson y su club, habiendo sido miembro de este último mucho tiempo después de la muerte del doctor, al que lloro sinceramente. Recuerdo cómo el esquire John Gurgoyne, el general, cuyas obras dramáticas y poéticas fueron impresas después de su muerte, fue rechazado por tres votos, probablemente debido a su desgraciada derrota en Saratoga, en la guerra de Independencia Americana. ¡Pobre John! Mejor le fue a su hijo, creo, que consiguió el título de baronet. Pero ahora estoy muy cansado. Soy viejo, muy viejo, y es hora de mi siesta de la tarde.

Ibid *

(«... como Ibid dice en su famosa *Vidas de poetas.*»
De un estudio erudito)

L A ERRÓNEA IDEA de que Ibid es el autor de las *Vidas* es
algo tan extendido, incluso entre gentes que pretenden
disfrutar de cierto grado de cultura, que se hace preciso co-
rregirla. Hay que hacer saber a todo el mundo que es Cf. el
responsable de ese trabajo. La obra maestra de Ibid, por otra
parte, es el famoso *Op. Cit.,* donde todas las claves culturales
grecorromanas se encuentran plasmadas con enorme perfección... y una agudeza suprema, habida cuenta la fecha, sorprendentemente tardía, en la que Ibid la escribió. Existe la
falsa idea —habitualmente reproducida en libros modernos,
previos a la monumental obra de Von Schweinkopf, *Gestichte
der Ostrogothen in Italien*— de que Ibid era un visigodo roma-

---

* Título original: *Ibid,* 1928? Publicado por primera vez en *The
O-Wash-Ta-Nong* 3, n.º 1 (enero de 1938). Reeditado en al antología de
Lovecraft *Beyond the Wall of Sleep,* Arkham House (1943).

nizado, perteneciente a la horda de Ataúlfo que se asentó en Plasencia sobre el 410 d. de C. Nunca se insistirá lo suficiente en lo contrario, ya Von Schweinkopt, y después de él Littlewit [1] y Vêtenoir [2], han demostrado con pruebas irrefutables que esta figura, llamativamente solitaria, era un romano de pura cepa —o al menos tan de pura cepa como esa era degenerada y bastarda podía producir—, y de él podría decirse lo que afirmaba Gibbon de Boecio: «Que era el último de aquellos a los que Catón o Tulio podrían haber reconocido como compatriotas». Era, como Boecio y casi todos los hombres eminentes de esa era, de la gran familia Anicia, y trazaba su genealogía con gran exactitud y orgullo, hasta todos lo héroes de la república. Su nombre completo —largo y pomposo, según la costumbre de una era que había perdido la trinómica simplicidad de la nomenclatura romana clásica— era, según Von Schweinkopf [3], Cayo Anicio Magno Furio Camilo Emiliano Cornelio Valerio Pompeyo Julio Ibid, aunque Littlewit [4] rechaza *Emiliano* y añade *Claudio Decio Juniano,* mientras que Bêtenoir [5] discrepa radicalmente, dando el nombre completo de Magno Furio Camilo Aurelio Antonino Flavio Anicio Petronio Valentiniano Egido Ibid.

El eminente crítico y biógrafo nació en el año 486, poco después de que los romanos perdieran la Galia a manos de

---

[1] *Rome and Byzantium: A Study in Survival* (Waukesha, 1869), vol. XX, p. 598.

[2] *Influences Romains dans le Moyen Age* (Fond du Lac, 1877), vol. XV, p. 720.

[3] Siguiendo a Procopio, *Goth.* x.y.z.

[4] Siguiendo a Jornandes, *Codex Murat.* xxj. 4144.

[5] Después de p. 50.

Clovis. Roma y Ravena rivalizan en lo tocante al honor de su nacimiento, aunque está probado que estudió retórica y filosofía en las escuelas de Atenas... ya que la gravedad del cierre de las mismas, decretado por Teodosio un siglo antes, ha sido exagerada con gran ligereza. En 512, bajo el benigno reinado del ostrogodo Teodorico, lo encontramos como profesor de retórica en Roma, y en el 516 detentó el consulado Pompilio Numancio Bombastes Marcelino Deodanato. A la muerte de Teodorico, en 526, Ibidus se retiró de la vida pública para componer su celebrado trabajo (cuyo puro estilo ciceroniano es tan destacable, en cuanto a atavismo clasicista, como los versos de Claudio Claudiano, que escribió su obra un siglo antes que Ibidus); pero más tarde recibió nuevos honores, siendo nombrado retórico cortesano por Teodato, sobrino de Teodorico.

Con la usurpación de Vitigio, Ibidus cayó en desgracia y estuvo preso durante algún tiempo; pero la llegada del ejército bizantino de Belisario le devolvió pronto la libertad y los honores. Durante todo el sitio de Roma sirvió con bravura en el campo de los defensores, y luego siguió a las águilas de Belisario por Alba, Porto y Centumcellae. Tras el sitio franco de Milán, Ibidus fue designado para acompañar al erudito obispo Dacio a Grecia, y con él vivió en Corinto, en el año 539. Hacia 541 se trasladó a Constantinopla, donde recibió todos los honores imperiales posibles, tanto por parte de Justiniano como de Justino II. Los emperadores Tiberio y Mauricio también lo honraron en la vejez y contribuyeron en gran medida a su inmortalidad, sobre todo Mauricio, aficionado a trazar su genealogía hasta la vieja Roma, pese a haber nacido en Arabiscus, Capadocia. Fue Mauricio quien, teniendo el poeta 101 años, ordenó que su trabajo fuese libro de texto en las escuelas del Imperio, algo que pasó factura fatal a las emociones del anciano retórico, ya que este murió pacíficamente en su casa, cerca de la iglesia de Santa Sofía, en el sexto día antes de las calendas de septiembre, en el 587 d. de C., a los 102 años de edad.

Sus restos, a pesar del turbulento estado de Italia, fueron enviados a Ravena para su inhumación, pero acabó siendo enterrado en el suburbio de Classe, de donde fue exhumado y escarnecido por el duque lombardo de Espoleto, que envió su cráneo al rey Autharis para que lo usase como copa ceremonial. El cráneo de Ibid fue pasando orgullosamente de rey a rey de la dinastía lombarda. Tras la captura de Pavía por Carlomagno, en 774, el cráneo fue arrebatado al poco sólido Desiderio y llevado entre el botín del conquistador franco. Fue de esa copa, de hecho, de donde el papa León administró la real unción que convirtió al caudillo bárbaro en emperador romano. Carlomagno se llevó el cráneo de Ibid a su capital de Aix y no tardó en enviárselo a su maestro sajón Alcuino y, tras la muerte de este, fue remitido a su gente, en Inglaterra.

Guillermo el Conquistador, cuando se topó con él en un nicho de la abadía, en donde lo había depositado la pía familia de Alcuino (creyendo que era el cráneo de un santo [6] que había derrotado milagrosamente a los lombardos con sus plegarias), rindió reverencia a su ósea antigüedad, e incluso los toscos soldados de Cromwell, al destruir la abadía

---

[6] Hasta la aparición del trabajo de Von Schweinkopf en 1797, San Ibid y el retórico no eran reconocidos como el mismo personaje.

de Ballylough en Irlanda, en 1650 (adonde había sido trans-
portada secretamente por un católico devoto en 1539, cuando
el rey Enrique VIII ordenó la disolución de los monasterios
ingleses), no osaron dañar una reliquia tan venerable.

Pasó a manos del soldado Read'em-and-Weep Hopkins,
que no tardó mucho en vendérselo a Rest-in-Jehovah
Stubbs a cambio de una pieza de tabaco de Virginia. Stubbs,
al enviar a su hijo Zerubbabel a buscar fortuna a Nueva Inglaterra en 1661 (ya que consideraba nociva la atmósfera de
la Restauración para un joven pío), le dio el cráneo de San
Ibid —o mejor dicho, del Hermano Ibid, puesto que sentía
horror ante todo cuanto sonase a papista— a modo de talis-
mán. Tras desembarcar en Salem, Zerubbabel lo colocó en
la repisa adjunta a la chimenea, ya que se construyó una casa
modesta junto al pozo de la ciudad; y habiéndose convertido en jugador empedernido, perdió la calavera a manos de
un tal Epenetus Dexter, un forastero de Providence.

El cráneo se hallaba en la casa de Dexter, en la parte
norte de la ciudad, cerca de la actual intersección entre las
calles North Main y Olney, durante la *razzia* de Canochet
del 30 de marzo de 1676, en tiempos de la guerra del rey
Felipe; y el astuto *sakem*, reconociéndolo al punto como algo
singularmente venerable y digno, lo envió como símbolo de
alianza a una facción de los pequots de Connecticut, con los
que estaba en negociaciones. El 4 de abril fue capturado por
los colonos y ejecutado sin dilación; sin embargo, la austera
cabeza de Ibid prosiguió sus vagabundeos.

Los pequots, debilitados por una guerra anterior, no pudieron enviar a los ahora amenazados narragnansetts ayuda,
y en 1680 un comerciante de pieles holandés de Albany, Pe-

trus van Schaack, compró el distinguido cráneo por la modesta suma de dos guilders, ya que había reconocido su valor gracias a la inscripción, medio borrado, tallada en minúsculas lombardas (hay que destacar aquí que la paleografía era una de las disciplinas más extendidas entre los tratantes de pieles de Nueva Holanda en el siglo XVII).

Ibidus rhetor romanus

Hay que decir que a Van Schaack le robó la reliquia, en 1683, un comerciante francés, Jean Grenir, cuyo celo católico le permitió reconocer las formas de alguien al que, gracias a las enseñanzas de su madre, había aprendido a reverenciar con el nombre de San Ibide. Grenier, encendido de virtuosa rabia al descubrir que ese símbolo sagrado estaba en manos de un protestante, hundió una noche la cabeza de Van Schaack con un hacha y huyó al Norte con su botín; pero pronto fue, no obstante, robado y muerto por el vagabundo mestizo Michel Savard, que se apoderó del cráneo —a pesar de que su analfabetismo lo preservó de reconocerlo— para añadirlo a una colección de piezas semejantes, aunque mucho más recientes.

A su muerte en 1701, su hijo mestizo Pierre la envió junto con otros objetos a los emisarios de los sacs y foxes, y fue descubierta en el tipi del jefe, una generación más tarde, por Charles de Langlade, fundador del puesto comercial de Green Bay, Wisconsin. De Langlade trató a este objeto sagrado con la adecuada veneración y lo engalanó con multitud de cuentas de cristal; pero después de eso acabó en otras manos, habiendo sido vendido, en los asentamientos en la cabecera del lago Winnebago, a tribus situadas en el lago Mendota y, por último, a principios del siglo XIX, a un tal Solomon Juneau, un francés, en el nuevo puesto comercial de Milwaukee, en el río Menominee y en las orillas de lago Michigan.

Vendido más tarde a Jacques Caboche, otro colono, este la perdió en 1850 en una partida de ajedrez o póquer con un inmigrante llamado Hans Zimmerman, que lo usó como jarra de cerveza, hasta que un día, bajo el influjo de los contenidos, cayó rodando desde el porche al camino herboso situado junto a su casa, y allí cayó en la madriguera de un perro de la pradera, donde su dueño, al despertar, no pudo ni encontrarla ni recobrarla.

Así que, durante generaciones, el santificado cráneo de Cayo Anicio Magno Furio Camilo Emiliano Cornelio Valerio Pompeyo Julio Ibidus, cónsul de Roma, favorito de emperadores y santo de la Iglesia romana, yació oculto bajo el suelo de una ciudad en crecimiento. Al principio fue adorado, mediante ritos oscuros, por los perros de la pradera, que vieron en él una deidad enviada desde el mundo superior, pero luego cayó en el más profundo olvido, al tiempo que los simples y desangelados habitantes de las madrigueras sucumbían ante las embestidas de los conquistadores arios. Se abrieron alcantarillas, pero no llegaron hasta él. Se levantaron casas —2.303 o más—, y al cabo, una noche espantosa, tuvo lugar un suceso titánico. La mística naturaleza, convulsa por un éxtasis espiritual, como la espuma de esas primitivas bebidas de la región, abatió lo elevado, elevo lo abatido y... ¡alejop! Cuando llegó el alba rosada, los burgueses de Milwaukee se levantaron para encontrar ¡una primitiva pradera convertida en tierras altas! Inmensa, hasta más allá de la vista, había resultado la zona tocada por el gran alzamiento. Los arcanos subterráneos, ocultos durante años, habían salido por fin a la luz. Y allí, intacto en mitad del quebrado camino, ¡descansaba blanqueada y tranquilamente con santificada y consular pompa el redondeado cráneo de Ibid!

RELATOS SATÍRICOS

El Viejo Bugs *

Una tragedia estrafalaria

Por MARCUS LOLLIUS, Procónsul de la Galia

EL TUGURIO DE SHEEHAN, que adorna uno de los callejones inferiores del distrito céntrico ganadero de Chicago, no es lo que se dice un lugar agradable. Su atmósfera, colmada por un millar de olores semejantes a los que Coleridge, podría haber encontrado en Colonia, apenas sabe lo que son los rayos purificadores del sol, y tiene que luchar, para hacerse un hueco, contra las acres humaredas de innumerables puros baratos y cigarrillos que cuelgan de los labios toscos de las bestias humanas que merodean por tal lugar, día y noche. Pero la popularidad del antro de Sheehan no se resiente de ello, y hay una razón para que así sea; una razón que resulta obvia para cualquiera que se tome la molestia de olfatear los aromas mezclados que allí se encuentran. Sobre y entre los humos y el olor a cerrado, se nota un aroma que

---

* Título original: *Old Bugs* (1919). Publicado por primera vez en *The Shuttered Room and Other Pieces,* Arkham House (1959).

una vez fue familiar en todo el mundo, pero que ahora se encuentra arrinconado a las esquinas de la vida, merced al edicto de un gobierno benevolente: el olor a güisqui fuerte y malo... un *rara avis*, de hecho, en este año de gracia de 1950.

El Sheehan es el centro reconocido del tráfico clandestino de licor y drogas, y tal circunstancia tiene cierta dignidad que toca incluso a los desaliñados asiduos a tal lugar; pero, incluso así, había alguien que quedaba al margen de tal palio de dignidad; uno que compartía la miseria y suciedad del Sheehan, pero no su importancia. Le llamaban el Viejo Bugs y era el ser más despreciable de un submundo despreciable. Uno podía tratar de averiguar qué había sido alguna vez; ya que su lenguaje y ademanes, cuando se embriagaba lo suficiente, eran lo bastante curiosos como para despertar el interés; sin embargo, era menos difícil determinar que era... ya que el Viejo Bugs encarnaba, hasta un grado superlativo, a la patética especie que se llama de perdedor o marginal. Era imposible determinar su procedencia. Cierta noche había irrumpido de forma estrambótica en el Sheehan, echando espuma por la boca y pidiendo a gritos güisqui y hachís, y cuando se lo suministraron a cambio de la promesa de hacer trabajos serviles, se había quedado ya allí, limpiando suelos y lavando escupideras y vasos, y haciendo un centenar de trabajos de baja estofa similares, a cambio del alcohol y las drogas que necesitaba para mantenerse vivo y cuerdo.

Hablaba poco y, cuando lo hacía, era por lo común en la jerga usual al submundo; pero, de vez en cuando, si se inflamaba gracias a una generosa y desmedida dosis de güisqui barato, estallaba en sartas de incomprensibles polisílabos y fragmentos sonoros de prosa y verso, lo que hacía que algunos asiduos conjeturaran que había conocido días mejores. Un habitual —un desfalcador huido— solía conversar con él, con bastante regularidad, y a tenor de sus palabras llegó a suponer que, en su día, había sido escritor o profesor. Pero la única verdad tangible sobre el pasado del Viejo Bugs era una foto desvaída que llevaba siempre encima... la fotografía de una joven de facciones nobles y hermosas. La sacaba a veces de su maltratada cartera, desenvolvía cuidadosamente su envoltura de tela encerada y la contemplaba durante horas con expresión de inefable tristeza y ternura. No era el retrato de nadie a quien pudiera llegar a conocer alguien del submundo, sino el de una mujer de buena cuna y educación, vestida con las ropas livianas de hacía treinta años. El Viejo Bugs mismo parecía sacado del pasado, ya que sus indescriptibles ropajes tenían todas las marcas de un tiempo pretérito. Era un hombre sumamente alto, que quizá rebasaba el uno ochenta, aunque sus hombros hundidos disimulaban a veces tal hecho. Su pelo, de un blanco sucio que caía en mechones, jamás se rizaba, y en su rostro flaco crecía una espesa y enmarañada pelambrera que siempre resultaba incipiente —nunca afeitada—, pero sin llegar a formar una barba respetable. Su semblante fue quizá noble algún día, pero ahora mostraba los devastadores efectos de una terrible disipación. En algún momento —quizá en la mediana edad— había sido sin duda un tipo gordo, pero ahora estaba horriblemente delgado, con la carne amoratada colgando en bolsas bajo sus ojos legañosos y sobre sus mejillas. En conjunto, el Viejo Bugs no ofrecía una estampa agradable.

El carácter del Viejo Bugs desentonaba, en forma extraña, con su aspecto. De ordinario era, en verdad, del tipo despojo humano —dispuesto a hacer lo que fuese a cambio de una dosis de güisqui o hachís—; pero, a raros intervalos, mostraba el trato que le había ganado su apodo [1]. En esos instantes trataba de enderezarse y un cierto fuego le asomaba a los ojos hundidos. Su porte podía asumir una gracia y aun una dignidad inesperadas, y las sórdidas criaturas que lo rodeaban podían sentir en él cierta superioridad... un algo que los volvía menos proclives a propinar los usuales sopapos y puñetazos a ese pobre e indefenso criado. En tales momentos podía hacer gala de un humor sardónico y hablar sobre cosas que hacían que los parroquianos del Sheehan lo tomasen por loco e irracional. Pero tales arrebatos pasaban pronto y, de nuevo, el Viejo Bugs volvía a su eterno fregar de suelos y lavar escupideras. De no mediar cierta faceta, el Viejo Bugs hubiera sido el esclavo ideal de aquel sistema... y tal faceta era su forma de comportarse cuando iniciaban a un joven en la bebida. El Viejo se alzaba de los suelos, furioso y excitado, farfullando amenazas y advertencias, y tratando de disuadir a los novatos de seguir en ese curso de «ver la vida tal cual». Echaba fuego y humo, y explotaba en una sarta de rimbombantes advertencias y extraños juramentos, como animado por una espantosa ansiedad que estremecía a más de una mente drogada en aquella abarrotada habitación. Pero, al cabo de un tiempo, su mente, debilitada por el alcohol, comenzaba a divagar y, con una risa enloquecida, retornaba de nuevo a su fregona o a su bayeta.

No creo que ninguno de los asiduos del Sheehan olvide nunca el día en que llegó el joven Alfred Trever. Era, sobre

---

[1] Bug: Espectro, demonio.

todo, un curioso —un joven rico y cultivado que quería rozar el límite en cualquiera de sus acepciones—; al fin y al cabo, esa era la opinión de Pete Schultz, el gancho del Sheehan que captó al chico en el Lawrence College, en la pequeña ciudad de Appleton, Wisconsin. Trever era hijo de unos padres relevantes en Appleton. Su padre, Karl Trever, era abogado y ciudadano de renombre, mientras que su madre se había forjado una envidiable reputación como poetisa, con el nombre de soltera de Eleanor Wing. El propio Alfred era un erudito y poeta de talla, aunque se veía manchado por cierta irresponsabilidad infantil, lo que lo hacía la presa ideal para el gancho del Sheehan. Era rubio, agraciado y consentido; vivaz y ávido de probar todas las formas de disipación que había conocido por lecturas y de oídas. En el Lawrence había sido un miembro destacado de la fraternidad burlesca de *Tappa Tappa Keg*, donde fue el más salvaje y alegre de los salvajes y alegres jóvenes transgresores, pero toda aquella frivolidad inmadura y colegial no llegaba a satisfacerle. Supo, gracias a los libros, que existían vicios más profundos, y quería conocerlos de primera mano. Quizá su tendencia a lo extraño había sido fomentada, de alguna forma, por la represión a la que le habían sometido en su casa familiar; ya que la señora Trever tenía razones personales para aplicar una severidad rigurosa en la educación de su único hijo. Ella misma, en su juventud, se había visto profunda y permanentemente impresionada por el horror a la disipación, producto del caso de uno a la que en un tiempo había estado prometida.

El joven Galpin, el prometido en cuestión, había sido uno de los hijos más preclaros de Appleton. Habiendo ganado ya distinción siendo niño, gracias a su mente poderosa, obtuvo fama en la Universidad de Wisconsin, y a la edad de veintitrés años volvió a Appleton para convertirse en profesor del Lawrence y poner un diamante en el dedo de la hija más bella y brillante de Appleton. Durante un trimestre todo fue bien, hasta que la tormenta estalló sin previo aviso. Ciertos hábitos perniciosos, que tenían su origen en un primera ingesta de bebida hecha años antes, durante un retiro en los bosques, se manifestaron en el joven profesor, y solo una rápida renuncia hizo que se librase de un castigo legal por insulto a los hábitos y a la moral de los pupilos a su cargo. Se rompió el compromiso y Galpin emigró al Este en busca de una nueva vida; pero, sin que pasara mucho tiempo, la gente de Appleton supo que había caído en desgracia en la Universidad de Nueva York, donde había logrado plaza de profesor de inglés. Galpin dedicaba su tiempo a la biblioteca y a la lectura, a preparar volúmenes y conferencias sobre diversos temas, conectados todos con las *belles lettres*, y mostrando siempre un genio tan destacable que parecía que el público podía a veces perdonar sus pasados errores. Sus apasionadas lecturas en defensa de Villon, Poe, Verlaine y Oscar Wilde podían aplicársele igualmente a él mismo, y, el corto veranillo de su gloria, se habló incluso de un nuevo compromiso con cierta familia ilustre de Park Avenue. Pero luego todo estalló. Una caída final, comparable a las demás, rompió las ilusiones de aquellos que habían creído en la redención de Galpin, y el joven cambió de nombre, para desaparecer de la vida pública. Ciertos rumores dispersos lo asociaban con un tal Consul Hasting, cuyo trabajo en el teatro y el cine atraían cierta atención, gracias a la amplitud y profundidad de su erudición, pero Hasting pronto desapareció de escena, y Galpin se convirtió, únicamente, en un nombre que los padres pronunciaban a modo de advertencia. Eleanor Wing se casó pronto con Karl Trever, un joven abogado en alza, y de su primitivo novio no guardó más que el recuerdo suficiente como para poner su nombre a su único hijo, así como para aplicarse a la guía de ese joven agraciado y testarudo. Sin embargo, ahora, pese a tal educación, Alfred Trever estaba en el Sheehan, a punto de tomar su primer trago.

—Jefe —gritó Schultz al entrar en la hedionda estancia, junto a su joven víctima—. Traigo a mi amigo Al Trever, el mejor tipo del Lawrence, que está en Appleton, Wisconsin, como bien sabéis. Algunos comienzan jóvenes, también. Su padre es un gran abogado en su pueblo y su madre un genio de la literatura. Quiere ver la vida tal como es, saber a qué sabe el verdadero matarratas... tan solo recuerde que es mi amigo y trátelo bien.

Cuando se pronunciaron los nombres Trever, Lawrence y Appleton, los ociosos presentes creyeron sentir algo inusual. Quizá no era más que algún sonido relacionado con el entrechocar de bolas en las mesas de billar, o el resonar de botellas procedentes de las misteriosas zonas del fondo —quizá solo eso, o un extraño agitar de las sucias cortinas, en alguna de las mugrientas ventanas—, pero muchos creyeron que alguien en la habitación había hecho rechinar los dientes y tomado una honda inspiración.

—Me alegra conocerlo, Sheehan —dijo Trever en un tono tranquilo y cultivado—. Es la primera vez que vengo a un sitio como este, pero soy estudiante de las cosas de la vida y no quiero ahorrarme ninguna experiencia. Hay cierta poesía en este tipo de cosas, ya sabe... o quizá no lo sabe, pero es igual.

—Joven —repuso el propietario—. Ha venido usted al lugar idóneo para ver lo que es la vida. Tenemos de todo aquí... vida de verdad y tiempo por delante. El maldito gobierno puede domesticar a la gente si esta se lo permite, pero no puede parar a un tipo si lo que desea es esto. ¿Qué es lo que quiere, amigo: alcohol, coca o qué? No podrá pedirnos nada que no tengamos.

Los asiduos dicen que, en ese momento, se percataron de que los golpes de fregona, regulares y monótonos, habían cesado.

—Quiero güisqui... ¡güisqui de centeno a la vieja usanza! —exclamó entusiasmado Trever—. Tengo que decirle que estoy hastiado del agua tras leer acerca de las buenas borracheras que se corrían en el pasado. No puedo leer las *Anacreónticas* sin salivar... ¡y mi boca me pide algo más fuerte que el agua!

—*Anacreónticas*... ¿pero qué rayos es eso? —algunos de aquellos parásitos miraron al joven como si no estuviera del todo en sus cabales. Pero el defraudador les explicó que Anacreonte era un tipo que había vivido hacía muchos años, y que había escrito acerca de la alegría que sentía cuando todo el mundo era como el Sheehan.

—Veamos, Trever —siguió el estafador—. ¿No ha dicho Schultz que su madre es una literata?

—Sí, maldita sea —replicó Trever—. ¡Pero no en la misma forma que el viejo escritor tebano! Ella es una de esas moralistas pacatas y eternas que se empeñan en quitar toda la alegría a la vida. Una especie ñoña... ¿No han oído hablar de ella? Escribe bajo el nombre de soltera de Eleanor Wing.

Fue entonces cuando el Viejo Bugs dejó caer su fregona.

—Bueno, aquí está el alpiste —anunció jovialmente Sheehan, entrando en la sala con una bandeja llena de botellas y vasos—. Bueno y viejo centeno, tan fuerte como no se puede encontrar otro igual en todo Chicago.

Los ojos de joven relampaguearon y sus narices se distendieron ante los vapores que un camarero estaba sirviendo delante de él. Le repelía de forma horrible y repugnaba a toda su delicadeza heredada, pero lo sostuvo su determinación a probar la vida hasta el fondo, y logró mantener un aspecto decidido. Pero, antes de que pudiera poner a prueba su resolución, intervino lo inesperado. El Viejo Bugs, saltando desde la posición acuclillada en que había estado hasta entonces, saltó sobre el joven y le arrancó de la mano el inspirador vaso, casi al mismo tiempo que atacaba la bandeja de botellas y vasos con su fregona, provocando que se hicieran mil pedazos sobre el suelo, en una confusión de aromáticos fluidos, y botellas y vasos rotos. Hombres, o seres que habían sido hombres, se lanzaron al suelo y comenzaron a lamer los charcos de licor; pero la mayoría se quedó quieta, observando la insólita acción de aquel esclavo y despojo de bar. El Viejo Bugs se irguió ante el atónito Trever y le dijo, con voz suave y cultivada:

—No lo haga. Yo, en otro tiempo, era como usted y di el paso. Ahora soy... esto.

—¿Pero qué rayos está diciendo usted, viejo chiflado? —barbotó Trever—. ¿Cómo se atreve a interferir en los placeres de un caballero?

Sheehan, recobrándose entonces de su asombro, avanzó y puso una mano pesada en el hombro de aquel viejo desdichado.

—¡Esta ha sido la última vez, maldito bicharraco! —exclamó fuera de sí—. Cuando un caballero desea tomar un trago aquí, lo hace, vive Dios, sin que nadie lo moleste. Lárgate ahora mismo de mi local, antes de que te eche a patadas.

Pero Sheehan había obrado sin un conocimiento científico de la psicología anómala y de los efectos de una crisis nerviosa. El Viejo Bugs, sosteniendo con mano firme su fregona, comenzó a blandirla como la jabalina de un hoplita macedonio, y no tardó en abrir un buen espacio a su alrededor, soltando, entre tanto, una verborrea incoherente, en mitad de la cual se le podía oír decir:

—... los hijos de Belial, encendidos de insolencia y vino.

La habitación se convirtió en un pandemonio, y los hombres gritaban y aullaban de espanto ante el siniestro ser que habían despertado. Trever parecía aturdido y, según el tumulto iba a más, se arrimó a la pared.

—¡No debe beber! ¡No debe beber! —rugía el Viejo Bugs, mientras parecía divagar, o encenderse, con sus citas.

La policía apareció en la puerta, atraída por el escándalo, pero durante cierto tiempo ni se movieron ni hicieron nada. Trever, ahora completamente aterrorizado y curado, para siempre, de su deseo de ver la vida a través de la ruta del vicio, se pegó a los recién llegados uniformados. Si lograba escapar y tomar un tren que lo llevase a Appleton, pensó, podía dar su educación, en materia de disipación, por cerrada.

Entonces, de repente, el Viejo Bugs dejó de agitar su jabalina y se quedó quieto... irguiéndose más recto de lo que nadie en aquel lugar le había visto antes.

—*¡Ave, Caesar, moriturus te saluto!* —gritó, antes de caer al suelo empapado en güisqui, para no levantarse ya nunca más.

Lo que sucedió después es algo que nunca olvidará el joven Trever. La imagen es confusa, pero indeleble. Los policías se abrieron paso entre la gente, preguntando con insistencia, a todos, acerca de qué había sucedido y del cadáver en el suelo. Interrogaron especialmente a Sheehan, sin conseguir ninguna información de valor tocante al viejo Bugs. Entonces el estafador recordó la foto y sugirió que podían verla y buscar en los archivos de comisaría. Un agente se inclinó, algo reacio, sobre aquella espantosa forma de ojos vidriados, encontró la fotografía envuelta en el papel de seda y se la pasó a los otros.

—¡Menuda piba! —un borracho lanzó una mirada llena de lascivia al hermoso rostro; pero aquellos que estaban sobrios no lo hicieron, sino que contemplaron con respeto las facciones delicadas y espirituales. Nadie parecía capaz de ubicar todo aquello, y todos se preguntaban cómo aquel despojo comido por las drogas podía tener tal foto en su poder... es decir, todos menos el estafador, que, mientras tanto, observaba con desazón a la policía. Pero *él* había hurgado un poco más bajo la máscara de total degradación del Viejo Bugs.

Luego pasaron la foto a Trever, y se produjo un cambio en el joven. Tras un primer sobresalto, volvió a envolver el retrato, como si quisiera protegerlo de la sordidez de aquel lugar. Lanzó una mirada larga e inquisitiva a la figura caída, percatándose de su gran estatura, así como de la aristocracia de facciones que parecían aparecer ahora que la desdichada llama de la vida se había apagado. No, dijo apresuradamente cuando le preguntaron cómo conocía a la persona del retrato. La foto era muy vieja, añadió, y no podían esperar que la reconociese.

Pero Alfred Trever no decía la verdad, como muchos sospecharon cuando se ofreció a hacerse cargo del cuerpo y a ocuparse de su entierro en Appleton. Y es que, sobre la repisa de la biblioteca de su casa, colgaba una reproducción exacta de tal imagen, y toda su vida había conocido y amado a la persona retratada.

Porque aquellas nobles y gentiles facciones eran las de su propia madre.

La dulce Ermengarde *

O el corazón de una chica campesina

Por PERCY SIMPLE

CAPÍTULO I

UNA SIMPLE CHICA DE CAMPO

ERMENGARDE STUBBS era la hermosa hija rubia de Hiram Stubbs, un granjero y contrabandista de licor, pobre pero honrado, de Hogton, Vermont. Se llamaba, en un principio, Ethyl Ermengarde, pero su padre la convenció para que prescindiera de su primer nombre a partir de la introducción de la Enmienda 18, aduciendo que le produciría sed, pues le recordaría al alcohol etílico (C_2H_3OH). Su propia producción era, sobre todo, de metílico u alcohol de madera (CH_3OH). Ermengarde afirmaba tener dieciséis pri-

---

* Título original: *Sweet Ermengarde* (1919-1925). Publicado por primera vez en *Beyond the Wall of Sleep,* Arkham House (1943). Existe un manuscrito en la Biblioteca John Hay de la Universidad de Brown.

159

maveras, y tildaba de infundio a las afirmaciones que le achacaban treinta. Tenía grandes ojos negros, una prominente nariz romana, pelo claro que nunca se oscurecía en las raíces, a no ser que la droguería local anduviese corta de suministros, y una complexión hermosa pero vulgar. Medía en torno al uno setenta de altura, pesaba unos cincuenta y dos kilos en la báscula de su padre —también en las demás— y era considerada la más bella por todos los galanes pueblerinos que admiraban la granja de su padre y gustaban de sus producciones de licor.

A Ermengarde la pretendían en matrimonio dos ardientes amantes. El esquire Hardman, que mantenía una hipoteca sobre su casa ancestral, era muy rico y aún más viejo. Era de semblante moreno y cruel, iba siempre a caballo y jamás soltaba su fusta. Durante largo tiempo había pretendido a la dulce Ermengarde y ahora su ardor había subido hasta cotas febriles, ya que bajo los humildes terrenos del granjero Stubbs había descubierto que existía una rica veta de ¡¡ORO!!

—¡Aja! —se dijo—. Tengo que seducir a la chica, antes de que su padre se percate de esa insospechada riqueza, ¡y uniré a mi fortuna otra aún mayor! —y comenzó a visitarlos dos veces por semana, en vez de una, como había hecho hasta entonces.

Pero, para desdicha de los siniestros designios del villano, el esquire Hardman no era el único galán de la bella. Cerca del pueblo moraba un segundo enamorado... el apuesto Jack Manly, cuyos rizados cabellos dorados habían ganado el afecto de la dulce Ermengarde, siendo ambos solo un par de chiquillos, en la escuela del pueblo. Jack había tardado mucho tiempo en declarar su pasión a la chica; pero un día, mientras daba un paseo por una sombreada vereda, cerca del viejo molino, junto a Ermengarde, había reunido coraje para sacar a la luz cuanto estaba guardándose en el interior de su corazón.

—¡Oh, luz de mi vida! —le dijo—. ¡Mi espíritu se ve abrumado de tal manera que me siento obligado a hablar! Ermengarde, mi ideal (aunque en realidad lo que dijo fue idea), la vida se ha convertido en un sinsentido sin ti. Amada de mi corazón, contempla cómo este suplicante muerde el polvo por ti. ¡Ermengarde, oh Ermengarde, álzame y déjame contemplar el séptimo cielo diciéndome que algún día serás mía! Es bien cierto que soy pobre, ¿pero acaso no soy lo bastante joven y fuerte como para abrirme camino hacia la fama? Es lo único que puedo ofrecerte, querida Ethyl... quiero decir, Ermengarde... mi única, mi más preciosa...

Pero aquí hizo una pausa para enjugarse los ojos y limpiarse la frente, cosa que aprovechó la bella para responder.

—Jack... mi ángel... por fin... quiero decir, ¡esto es tan inesperado y de lo más sorprendente! Nunca hubiera esperado que alguien como tú albergara tales sentimientos hacia alguien de tan poca monta como la hija del granjero Stubbs... ¡si no soy más que una niña! Tal es tu nobleza natural que yo había temido... quiero decir... que no hubieras reparado en mis pequeños encantos y que te decidieses por buscar fortuna en la gran ciudad, y allí conocer y desposar a una de esas exquisitas damiselas a las que vemos lucirse en las revistas de moda.

»Pero Jack, dado que yo te correspondo en sentimiento, dejemos mejor de lado todo circunloquio innecesario. Jack, querido mío, mi corazón quedó prendado mucho tiempo ha por tus grandes dotes. Abrigo un enorme afecto hacia ti; considérame tuya y asegúrate de comprar el anillo en el almacén de Perkins, que tiene hermosos diamantes de imitación en el escaparate.

—¡Ermengarde, amor mío!

—¡Jack, mi adorado!

—¡Querida!

—¡Amor!

—¡Mi bien!

[Telón]

CAPÍTULO II

Y EL VILLANO AÚN LA PERSIGUE

P ERO TAL TIERNO PASAJE, sacralizado por su fervor, no había pasado inadvertido a ojos profanos; ya que, oculto entre los matorrales y haciendo chirriar los dientes estaba el detestable ¡esquire Hardman! Cuando los amantes se alejaron por último paseando, salió a la vereda, retorciendo frenético sus mostachos y la fusta, y le soltó un puntapié a un gato, indudablemente inocente de todo aquel asunto, que acertó a pasar justo en ese momento.

—¡Malditos! —gritó (Hardman, no el gato)—. ¡Veo cómo se frustran mis planes de apodarme de la granja y la chica! ¡Pero Jack Manly nunca vencerá! ¡Soy un hombre con poder... y ya veremos!

Así que acudió a la humilde granja de Stubbs, donde encontró al cariñoso padre en su destilería clandestina, lavando botellas bajo la supervisión de la adorable madre y esposa, Hannah Stubbs. Yendo directamente al grano, el villano habló.

—Granjero Stubbs, albergo un tremendo amor, desde hace mucho, por tu tierno retoño, Ethyl Ermengarde; me consumo de pasión y deseo pedirte su mano. Siendo como soy hombre de pocas palabras, no perderé el tiempo con eufemismos. ¡Dame a la chica o haré efectiva la hipoteca y me apoderaré de tus propiedades!

—Pero señor —se defendió el desconcertado Stubbs, en tanto que su estremecida esposa no hacía sino ruborizarse—. Estoy seguro de que los afectos de la chica apuntan en otra dirección.

—¡Ha de ser mía! —se rio con acritud el siniestro esquire—. Ya me encargaré yo de que me ame... ¡nada se resiste a mi voluntad! ¡O se convierte en mi esposa, o la granja cambiará de manos!

Y con una risotada sarcástica y un floreo de la fusta, el esquire Hardman se desvaneció en la noche.

Apenas se hubo marchado, cuando aparecieron, por la puerta de atrás, los radiantes enamorados, ansiosos de compartir con el matrimonio Stubbs su recién descubierta felicidad. ¡Imaginen la universal consternación que se produjo al saberse todo! Las lágrimas corrían como cerveza, hasta que Jack recordó que era el héroe y alzó la cabeza para declamar, en tono apropiadamente viril:

—¡Nunca la hermosa Ermengarde será ofrecida en sacrificio a esa bestia mientras yo viva! ¡Yo la protegeré... es mía, mía, mía... y mía! ¡No temáis nada, queridos padre y madre, que yo os defenderé siempre! Conservaréis vuestro viejo hogar intacto (aunque Jack no sentía, por cierto, mucha simpatía hacia los productos de Stubbs) y llevaré al altar a la hermosa Ermengarde, la más adorable de las mujeres! ¡Al diablo con ese maldito squire y su condenado oro! ¡Me iré a la gran ciudad y reuniré una fortuna para salvaros y levantar la hipoteca antes de que esta venza! Adiós mi amor... te dejo con lágrimas en los ojos, ¡pero volveré para pagar la hipoteca y reclamarte como prometida!

—¡Jack, mi protector!

—¡Ermie, mi dulce amor!

—¡Eres el más adorable!

—¡Querido!... y no te olvides de ese anillo de Perkins.

—¡Oh!

—¡Ah!

[Telón]

Capítulo III

UN ACTO DETESTABLE

PERO EL DECIDIDO esquire Hardman no era un individuo fácil de vencer. Cerca del pueblo se levantaba un malfamado asentamiento de sucias chozas, habitado por una chusma perezosa que vivía del latrocinio y otros venerables oficios por el estilo. Allí, el diabólico villano consiguió dos cómplices... tipos malencarados que, desde luego, no eran caballeros. Y, en mitad de la noche, los tres irrumpieron en la granja de Stubbs y secuestraron a la dulce Ermengarde, encerrándola en una destartalada chabola, bajo la vigilancia de una vieja y odiosa arpía llamada Madre María. El granjero Stubbs estaba consternado y hubiera publicado anuncios en todos los periódicos, de no haber costado a un centavo la palabra.

Ermengarde era una mujer firme y nada podía hacer variar su negativa a desposar al villano.

—Aja, mi arrogante belleza —le dijo él—. ¡Ahora está en mi poder, y más pronto o más tarde doblegaré tu voluntad! ¡Entre tanto, piensa en tus pobres y viejos padres, con el corazón roto y vagabundeando sin techo por los campos!

—¡Oh, déjelos en paz, déjelos en paz! —le suplicó la doncella.

—Jamaaaás... jajajajajaja —se carcajeó el villano.

Y así fueron pasando días sin esperanza mientras, sin saber nada de todo eso, el joven Jack Manly buscaba fama y fortuna en la gran ciudad.

CAPÍTULO IV

SUTIL VILLANÍA

UN DÍA, mientras el esquire Hardman estaba sentado en el salón frontal de su costosa y palatina mansión, entregado a sus pasatiempos favoritos de hacer chirriar los dientes y blandir la fusta, se vio asaltado por un pensamiento brillante, y maldijo a la estatua de Satanás que tenía sobre su repisa de ónice.

—¡Me maldigo! —gritó—. ¿Por qué pierdo el tiempo con esa chica, cuando puedo tener la granja mediante un simple embargo? ¡No se me había ocurrido! ¡Puedo librarme de la chica, conseguir la granja y ser libre de casarme con alguna hermosa dama de ciudad, como esa primera actriz de la compañía de variedades que actuó la semana pasada en el teatro del pueblo!

Y, acudiendo a la choza, pidió disculpas a Ermengarde, la dejó marcharse a casa y se volvió a la suya, a maquinar nuevos crímenes y a inventar nuevas formas de villanía.

Los días pasaban y los Stubbs estaban cada día más tristes según se acercaba la pérdida de su casa, sin que nadie pareciera capaz de remediarlo. Un día, una partida de cazadores de la ciudad entró en los terrenos de la vieja granja y uno de ellos descubrió ¡¡el oro!! Ocultando tal hallazgo a sus compañeros, fingió haber sido picado por una serpiente y acudió a la granja de los Stubbs en busca del remedio habitual en tales casos. Ermengarde fue quien abrió la puerta y lo vio. Él también la vio a ella y, en ese mismo momento, decidió conseguir tanto el oro como a la chica.

—¡Por mi anciana madre que tengo que lograrlo! —aulló para sus adentros—. ¡Ningún sacrificio será demasiado grande!

CAPÍTULO V

EL TIPO DE CIUDAD

ALGERNON REGINALD JONES era un cultivado hombre de mundo, procedente de la gran urbe, y, en sus sofisticadas manos, nuestra pobre y pequeña Ermengarde no era más que una niña. Uno podría casi creerse eso de que tenía dieciséis años. Algy se movía rápido, aunque no precisamente con torpeza. Podría haber enseñado a Hardman una o dos cosas en lo tocante a seducción. Tan solo una semana después de su ingreso en el círculo familiar de los Stubbs, en el que anidaba como la serpiente que era, ¡ya había convencido a la heroína para que se fugase con él! Ella se marchó en plena noche, dejando una nota a sus padres, olisqueando por última vez el familiar puré de patatas y dando al gato un beso de despedida... ¡mal asunto! En el tren, Algernon se durmió y quedó recostado en el asiento, y un papel cayó accidentalmente de su bolsillo. Ermengarde, dejándose llevar por sus privilegios de prometida, cogió la hoja doblada y leyó su perfumado contenido... ¡y, oh desdicha! ¡A punto estuvo de desmayarse! ¡Era una carta de amor de otra mujer!

—¡Pérfido embustero! —susurró, dirigiéndose al dormido Algernon—. ¡Así que esto es lo que vale para ti tu tan traída y llevada fidelidad! ¡Tú y yo hemos acabado para siempre!

Y, luego de decir esto, lo arrojó por la ventana y se recostó en busca de un descanso que necesitaba de veras.

CAPÍTULO VI

SOLA EN LA GRAN CIUDAD

CUANDO EL RUIDOSO tren la dejó en la oscura estación de la ciudad, la pobre e indefensa Ermengarde se encontraba sola, y sin dinero suficiente como para volver a Hogton.

—Oh, ¿por qué? —suspiraba, llena de remordimientos inocentes—. ¿Por qué no le quitaría la cartera, antes de tirarlo por la ventana? ¡Bueno, ya me las arreglaré! ¡Me ha contado tantas cosas de la ciudad que ganaré con facilidad lo bastante como para regresar a casa, o incluso para pagar la hipoteca!

Pero ¡ay de nuestra heroína!..., no es nada fácil para un novato conseguir trabajo, así que, al cabo de una semana, se veía obligada a dormir en los bancos de los parques y a conseguir comida de la basura. Cierta vez un tipo trapacero y malintencionado, viendo lo indefensa que se hallaba, le ofreció un trabajo en un depravado cabaret de moda; pero nuestra heroína era fiel a sus ideales campesinos y rechazó trabajar en aquel dorado y rutilante palacio de frivolidad... sobre todo porque solo le ofrecieron tres dólares por semana, con comida, pero sin alojamiento. Trató de encontrar a Jack Manly, su otrora amante, pero fue incapaz. Quizá, además, él no la hubiera reconocido, ya que, debido a la pobreza, se había vuelto morena, y Jack no la había visto así desde los días de escuela. Un día se topó con un monedero, vacío pero caro, en la oscuridad; y, después de comprobar que no guardaba gran cosa, se lo devolvió a la rica dama a la que, según un documento que había dentro, pertenecía. Más emocionada de lo que se puede describir ante la honradez de esa pobre vagabunda, la aristocrática señora Van Itty adoptó a Ermengarde, para reemplazar a la pequeña que le habían robado tantos años antes.

—Se parece a mi preciosa Maude —suspiró, viendo cómo el pelo suavemente oscuro volvía al rubio.

Y las semanas fueron pasando, con los ancianos llorando en casa, en añoranza de sus cabellos, y el malvado esquire Hardman riéndose diabólicamente.

Capítulo VII

FINAL FELIZ

UN DÍA, la adinerada heredera Ermengarde S. Van Itty contrató a un segundo chófer asistente. Le llamó la atención algo familiar en su cara, miró de nuevo y se quedó bo-

168

quiabierta. ¡Ah! ¡No era sino el pérfido Algernon Reginald Jones, a quien había arrojado por la ventana aquel día fatídico! Había sobrevivido... eso era evidente. Se había casado con otra mujer, y esta se había fugado con el lechero y todo el dinero de la casa. Ahora, completamente arruinado, habló con arrepentimiento a nuestra heroína, y le reveló toda la historia del oro de la granja de su padre. Conmovida más allá de lo que podría expresarse, le subió un dólar su salario mensual, y decidió apagar, por fin, esa siempre insatisfecha necesidad de remediar las preocupaciones de sus viejos padres. Así que, un día luminoso, Ermengarde fue en coche a Hogton y llegó a la granja, justo cuando el esquire Hardman estaba ejecutando el embargo y ordenando el desalojo de los ancianos.

—¡Detente, villano! —gritó ella, agitando un descomunal rollo de billetes—. ¡Al fin eres frustrado! Aquí está tu dinero... ¡vete ahora y no vuelvas nunca a mancillar la humilde puerta de nuestra casa!

Se produjo una alborozada reunión, mientras el esquire retorcía su mostacho y su látigo, lleno de desconcierto y desazón. ¡Pero alto! ¿Qué es esto? Suenan unos pasos en el viejo paseo de grava y, ¿quién aparece? Nuestro héroe, Jack Manly... decrépito y desarrapado, pero con el rostro iluminado. Al ver al abatido villano, le dijo:

—Esquire... ¿no podría prestarme algo? Acabo de volver de la ciudad con mi hermosa prometida, la bella Bridget Goldstein, y necesito algo para empezar en la vieja granja.

Luego, girándose hacia los Stubbs, se disculpó por su incapacidad a la hora de pagar la hipoteca, tal y como había prometido.

—No tiene importancia —dijo Ermengarde—, somos ahora gente próspera y consideraría pago suficiente que olvidases, para siempre, aquellas locas fantasías de nuestra infancia.

Durante todo ese tiempo, la señora Van Itty había estado sentada en el coche, esperando a Ermengarde, pero, al ojear sin interés el rostro aguzado de Hannah Stubbs, un viejo recuerdo brotó de las profundidades de su cerebro. Luego le llegó de sopetón y gritó de forma acusadora a la matrona campesina:

—¡Tú... tú... Hannah Smith... yo te reconozco! ¡Hace veintiocho años eras la nodriza de mi niña Maude y me la robaste de la cuna! ¿Dónde, dónde está mi niña? —en ese momento, una idea fulguró como un rayo en cielo tenebroso—. *Ermengarde*... tú dices que es *tu* hija... ¡pero ella es mía!... El destino me ha devuelto a mi querida niña... ¡mi pequeña Maude! Ermengarde... Maude... ¡¡¡Ven a los amorosos brazos de tu madre!!!

Pero Ermengarde tenía cosas más importantes en qué pensar. ¿Cómo mantener la ficción de los dieciséis años si la habían raptado hacía veintiocho? Y, si no era hija de Stubbs, el oro nunca sería suyo. La señora Van Itty era rica, pero el esquire Hardman lo era aún más. Así que, aproximándose al desalentado villano, le infligió el último y más terrible castigo.

—Esquire, querido —musitó—. He reconsiderado todo el asunto. Te amo, a ti y a tu fuerza ingenua. Cásate conmigo o te juzgarán por el secuestro del año pasado. Ejecuta la hipoteca y disfruta conmigo del oro que tu ingenio descubrió. ¡Vamos, querido!

Y el pobre tipo obedeció.

FIN

170

PRIMEROS RELATOS

La botellita de cristal*

—P ONED LA NAVE AL PAIRO, hay algo flotando a sotavento. Quien hablaba era un hombre poco fornido, de nombre William Jones. Era el capitán de una nave en la que, con un puñado de tripulantes, navegaba en el momento de comenzar esta historia.

—Sí, señor —respondió John Towers, y la nave fue puesta al pairo. El capitán Jones tendió su mano hacia el objeto, y comprobó que se trataba de una botella de cristal.

—No es más que una botella de ron que algún tripulante de algún barco ha tirado —dijo, pero, dejándose llevar por la curiosidad, le echó mano.

Era solo una botella de ron y estuvo a punto de arrojarla, pero en ese momento se percató de que había un trozo de papel dentro. Lo sacó y leyó lo siguiente:

---

* Título original: *The Little Glass Bottle* (1897). Publicado por primera vez en *The Shuttered Room and Other Pieces,* Arkham House (1959). Existe un manuscrito en la Biblioteca John Hay de la Universidad de Brown.

1 de enero de 1864

Mi nombre es John Jones y estoy escribiendo esta carta. Mi buque se hunde con un tesoro a bordo. Me hallo en el punto marcado * en la carta náutica adjunta.

El capitán Jones le dio la hoja y vio que por el otro lado era una carta náutica en cuyo margen había escritas las siguientes palabras:

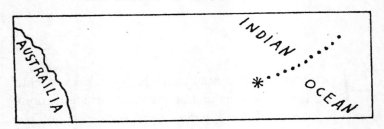

(La línea de puntos indica el curso que hemos seguido.)

—Towers —dijo excitado el capitán Jones—, lea esto.

Towers le obedeció.

—Creo que merece la pena dirigirnos hasta ahí —dijo el capitán Jones—. ¿No cree?

—Coincido con usted —replicó Towers.

—Aprestaremos hoy mismo una goleta —dijo el excitado capitán.

—Como mande —dijo Towers.

Así que fletaron una nave y siguieron la línea de puntos de la carta. En cuatro semanas habían alcanzado el lugar señalado y los buzos se sumergieron para volver con una botella de hierro. Dentro encontraron las siguientes palabras garabateadas en una hoja de papel pardo:

3 de diciembre de 1880

Estimado buscador, discúlpeme por la broma que
le he gastado, pero eso le servirá de lección contra pró-
ximas tonterías...

—Bien —dijo el capitán Jones—, sigamos.

Sin embargo, deseo compensarle por los gastos en
el lugar en que ha encontrado la botella. Calculo que
serán unos 25.000 dólares, así que eso es lo que en-
contrará en una caja de hierro. Sé donde encontró la
botella porque yo la puse allí, así como la caja de hierro
y luego busqué un buen lugar para poner la segunda
botella. Esperando que el dinero le compense, me des-
pido.

Anónimo

—Me gustaría arrancarle la cabeza —dijo el capitán Jones—. Sumergíos ahora y traedme los 25.000.
Eso les compensó, pero me parece que nunca volverán a
ir a un lugar misterioso dejándose guiar por tan solo una botella misteriosa.

La cueva secreta
O la aventura de John Lee *

—PORTAOS BIEN, chicos, mientras estoy fuera —dijo la señora Lee— y no hagáis travesuras.

Porque los señores Lee iban a salir de casa, dejando solos a John, de diez años de edad, y Alice, de dos.

—Claro —contestó John.

Tan pronto como los Lee mayores se hubieron marchado, los jóvenes Lee bajaron al sótano y comenzaron a revolver entre los trastos. La pequeña Alice estaba apoyada en el muro, mirando a John. Mientras John fabricaba un bote con duelas de barril, la chica lanzó un grito penetrante y los ladrillos, a su espalda, cedieron. Él se precipitó hacia ella y la sacó oyendo sus gritos. Tan pronto como sus chillidos se apaciguaron, ella le dijo.

—La pared se ha caído.

---

* Título original: *The Secret Cave or John Lees Adventure* (1898). Publicado por primera vez en *The Shuttered Room and Other Pieces,* Arkham House (1959). Existe un manuscrito en la Biblioteca John Hay de la Universidad de Brown.

John se acercó y descubrió que había un pasadizo. Le dijo a la niña.

—Voy a entrar y ver qué es esto.

—Vale —aceptó ella.

Entraron en el pasaje; cabían de pie, pero iba hasta más lejos de lo que podían ver. John subió arriba, al aparador de la cocina, cogió dos velas, algunas cerillas y luego regresó al túnel del sótano. Los dos entraron de nuevo. Había yeso en las paredes y el cielo raso, y en el suelo no se veía nada, excepto una caja. Servía para sentarse y, aunque la examinaron, no encontraron nada dentro. Siguieron adelante y, de pronto, desapareció el enyesado y descubrieron que estaban en una cueva. La pequeña Alice estaba espantada al principio, y solo las afirmaciones de su hermano, acerca de que todo estaba bien, consiguieron calmar sus temores. Pronto se toparon con una pequeña caja, que John cogió y llevó consigo. Al poco llegaron a un bote de dos remos. Lo arrastraron consigo con dificultad y en seguida descubrieron que el pasadizo estaba cortado. Apartaron el obstáculo y, para su consternación, el agua comenzó a entrar en torrentes. John era buen nadador y buen buzo. Tuvo tiempo de tomar una bocanada de aire y trató de salir con la caja y con su hermana, pero descubrió que era imposible. Entonces vio cómo emergía el bote y lo agarró...

Lo siguiente que supo es que estaba en la superficie, agarrando con fuerza el cuerpo de su hermana y la caja misteriosa. No podía imaginarse cómo le habían dejado ahí las aguas, pero le amenazaba un nuevo peligro. Si el agua seguía subiendo, lo llenaría todo. De repente, tuvo una nueva idea. Podía encerrar otra vez a las aguas. Lo hizo con rapidez y, lanzando el ahora inerte cuerpo de su hermana al bote, se aupó él mismo y bogó a lo largo del pasadizo. Aquello era espantoso, y estaba total y extrañamente oscuro, ya que había perdido la vela en la inundación, y navegaba con un cuerpo muerto yaciendo a su lado. No reparó en nada, sino que remó para salvar la vida y, cuando quiso darse cuenta, estaba flotando en su propio sótano. Subió con rapidez por las escaleras, llevando el cuerpo, y descubrió que sus padres ya habían vuelto a casa. Les contó la historia.

*   *   *

El funeral de Alice ocupó tanto tiempo que John se olvidó de la caja. Pero, cuando la abrieron, descubrieron que contenía una pieza de oro macizo, valorada en unos 10.000 dólares. Suficiente para pagar casi cualquier cosa, excepto la muerte de su hermana.

FIN

El misterio del cementerio *
O «la venganza de un hombre muerto»

Una historia de detectives

CAPÍTULO I

LA TUMBA DE BURNS

ERA MEDIODÍA en la pequeña población de Mainville, y un apenado grupo de gente estaba reunido alrededor de la tumba de Burns. Joseph Burns había muerto. (Al morir había pronunciado las siguientes y extrañas instrucciones: Antes de meter mi cuerpo en la tumba, colocad esta bola en el suelo, en un punto marcado como «A». Y entonces había tendido una pequeña bola dorada al rector). La gente lamen-

---

* Título original: *The Mistery of the Grave-Yard* (1898). Publicado por primera vez en *The Shuttered Room and Other Pieces,* Arkham House (1959). Existe un manuscrito en la Biblioteca John Hay de la Universidad de Brown.

taba mucho su muerte. Después de que los funerales hubieran concluido, el señor Dobson (el rector) dijo:

—Amigos, ahora hemos de cumplir las últimas voluntades del difunto.

Y, tras decir esto, bajó a la tumba (a poner la bola en el punto marcado como «A»). Pronto el grupo de dolientes comenzó a impacientarse y, al cabo de un tiempo, el señor Cha's Greene (el abogado) bajó a echar un vistazo. Enseguida regresó con cara de espanto y dijo:

—¡El señor Dobson *no está ahí abajo!*

Capítulo II

EL MISTERIOSO SEÑOR BELL

ERAN LAS TRES Y DIEZ de la tarde cuando la campana de la puerta de la mansión Dobson resonó con fuerza, y el criado acudió a abrir la puerta, para encontrarse con un hombre entrado en años, de pelo negro y grandes patillas. Manifestó que quería ver a la señorita Dobson. Tras ser conducido a su presencia, dijo.

—Señorita Dobson, sé dónde está su padre, y por la suma de 10.000 libras haré que vuelva con usted. Puede llamarme señor Bell.

—Señor Bell —dijo la señorita Dobson—. ¿Le importa que abandone por un momento la habitación?

—En absoluto —repuso el señor Bell.

Ella regresó al cabo de poco tiempo, para decir:

—Señor Bell, entiendo. Usted ha raptado a mi padre y ahora me está pidiendo un rescate.

Capítulo III

EN LA COMISARÍA DE POLICÍA

ERAN LAS TRES Y VEINTE de la tarde, cuando el teléfono sonó con furia en la comisaría de policía de Nort End, y Gibson (el telefonista) preguntó qué sucedía.

—¡He averiguado algo sobre la desaparición de mi padre! —dijo una voz de mujer—. ¡Soy la señorita Dobson y mi padre ha sido secuestrado! ¡Llamen a King John!

King John era un famoso detective del Oeste.

En ese momento justo entró un hombre a toda prisa, y gritó.

—¡Oh! ¡Horror! ¡Vamos al cementerio!

Capítulo IV

LA VENTANA OCCIDENTAL

VOLVAMOS AHORA a la mansión Dobson. El señor Bell se había quedado bastante azarado ante la franca manifestación de la señorita Dobson, pero cuando volvió a hablar dijo:

—Tampoco hay que decir las cosas así, señorita Dobson, ya que yo...

Se vio interrumpido por la aparición de King John, que, con un par de revólveres en las manos, impidió cualquier retirada por la puerta. Pero, rápido como el pensamiento, Bell se lanzó hacia una ventana situada al oeste... y saltó.

Capítulo V

EL SECRETO DE UNA TUMBA

VOLVAMOS AHORA a la comisaría. Cuando el excitado visitante se hubo calmado algo, pudo contar de un tirón su historia. Había visto a tres hombres en el cementerio gritando: «¡Bell! ¡Bell! ¿Dónde estás, viejo?», y actuando de forma sumamente sospechosa. Los había seguido y *¡entraron en la tumba de Burns!* Los siguió hasta allí dentro y los vio tocar un resalte en cierto lugar marcado como «A», y los tres desaparecieron.

—¡Quiero que venga enseguida King John! —dijo Gibson—. ¿Y usted cómo se llama?

—John Spratt —repuso el visitante.

Capítulo VI

LA PERSECUCIÓN DE BELL

AHORA VOLVAMOS de nuevo a la mansión Dobson. King John se había visto sorprendido por el repentino movimiento de Bell, pero cuando se recobró de la sorpresa, lo primero que pensó fue en detenerlo. Por tanto, se lanzó en persecución del secuestrador. Lo siguió hasta la estación de ferrocarril y descubrió, para su desaliento, que había tomado el tren de Kent, una ciudad mayor situada al sur, que no tenía conexión telefónica ni telegráfica con Mainville. ¡Y el tren acababa de partir!

Capítulo VII

EL CABALLERIZO NEGRO

E L TREN DE KENT se puso en marcha a las 10.35 y hacia las 10.6 un hombre excitado, polvoriento y cansado [1], irrumpió en la estación de postas de Mainville y dijo al caballerizo negro que estaba en la puerta:

—Si eres capaz de llevarme a Kent en 15 minutos, te doy un dólar.

—No sé cómo sería eso posible —dijo el negro—. No tenemos un par decente de caballos, y además...

—¡Dos dólares! —gritó el visitante.

—Vale —dijo el caballerizo.

Capítulo VIII

BELL, SORPRENDIDO

E RAN LAS ONCE EN PUNTO en Kent, y todas las tiendas, excepto una, estaban cerradas: una tienda sórdida, polvorienta y pequeña, hacia el extremo oeste del pueblo. Estaba entre el puerto de Kent y la vía que unía Mainville con Kent. En la dependencia delantera un individuo de ropajes desarrapados y edad incierta estaba conversando con una mujer de mediana edad y cabellos grises.

---

[1] King John. *(N. del A.)*

—He quedado en hacer el trabajo, Lindy —decía—. Bell llegará a las 11.30 y el coche está listo ya para llevarlo al muelle, de donde zarpa un buque, esta noche, rumbo a África.

—¿Pero qué pasa si se presenta King John? —preguntó Lindy.

—Entonces nos pillarán con las manos en la masa y Bell acabará en la horca —repuso el hombre.

Justo entonces sonó un golpeteo en la puerta.

—¿Eres tú, Bell? —preguntó Lindy.

—Sí —fue la respuesta—. Cogí el tren de las 10.35 y he despistado a King John, así que todo está bien.

A las 11.40, el grupo llegó al embarcadero, y vio un buque en la oscuridad. *El Kehdive*, África, estaba pintado en su casco, y justo cuando iban a subir a bordo, un hombre surgió de la oscuridad y dijo.

—¡John Bell, queda usted arrestado en nombre de la reina!

Era King John.

Capítulo IX

EL PROCESO

EL DÍA DEL JUICIO había llegado y un buen grupo de gente se había reunido en torno a la pequeña arboleda (que servía como tribunal en verano) para presenciar el proceso de John Bell por secuestro.

—Señor Bell —dijo el juez—. ¿Cuál es el secreto de la tumba de Burns?

—Quedará bien claro —repuso Bell—, si va a la tumba y toca cierto punto, marcado como «A», que allí se encuentra.

—¿Y dónde está el señor Dobson? —inquirió el juez.

—¡Aquí! —dijo una voz a su espalda, y la *figura del propio señor Dobson* apareció en el umbral.

—¡Cómo ha llegado usted aquí!

—Es una larga historia —dijo Dobson.

CAPÍTULO X

LA HISTORIA DE DOBSON

—Cuando bajé a la tumba —dijo Dobson—, todo estaba oscuro y no podía ver nada. Por fin distinguí la letra «A» impresa en blanco en el suelo de ónice y coloqué la bola sobre ella; inmediatamente, se abrió una trampilla y salió un hombre. Era ese hombre que está ahí —dijo, apuntando a Bell, que temblaba en el banquillo de los acusados—, y me llevó a un lugar bien iluminado y lujosamente amueblado, en el que he estado hasta ahora. Un día llegó un hombre joven y gritó: ¡El secreto queda desvelado! Y se fue. No me vio. Una vez, Bell olvidó su llave, y yo saqué el molde en cera; al día siguiente estuve haciendo copias para abrir la cerradura. Al día siguiente, una de las llaves funcionó y, al otro día (es decir, hoy), escapé.

Capítulo XI

EL MISTERIO DESVELADO

—¿POR QUÉ EL FINADO J. Burns le pediría a usted que pusiese la bola ahí? (en el punto «A»).

—Para causarme daño —replicó Dobson—. Él y Francis Burns, su hermano, estuvieron conspirando durante años contra mí, y yo no lo sabía, tratando de perjudicarme.

—¡Prendan a Francis Burns! —gritó el juez.

Capítulo XII

CONCLUSIÓN

FRANCIS BURNS Y JOHN BELL fueron condenados a cadena perpetua. El señor Dobson recibió la cordial bienvenida de su hija que, con el tiempo, se convertiría en la señora de King John. Lindy y su cómplice fueron condenados a treinta días en la prisión de Newgate por ayudar y participar de una fuga criminal.

FIN

Precio: 25 centavos.

El misterio del cementerio *

The Royal Press, 1902

Capítulo 1

EN LA PRIMAVERA de 1847, el pequeño pueblo de Ruralville se vio sacudido por una general excitación, debida a la entrada de un extraño bergantín en el puerto. No llevaba bandera alguna y todo hacía que resultase de lo más sospechoso. No tenía nombre. Su capitán se llamaba Manuel Ruello. El interés aumentó, no obstante, cuando John Griggs desapareció de su casa. Eso ocurrió el 4 de octubre y el 5 el bergantín se había marchado.

Capítulo 2

El bergantín, al partir, fue interceptado por una fragata de los Estados Unidos y se produjo una lucha tremenda.

---

* Título original: *The Mysterious Ship* (1902). Publicado por primera vez en *The Shuttered Room and Other Pieces,* Arkham House (1959). Existe un manuscrito en la Biblioteca John Hay de la Universidad de Brown.

Cuando terminó, habían perdido [1] a un hombre, llamado Henry Johns.

Capítulo 3

El bergantín continuó su ruta en dirección a Madagascar, hasta llegar. Los nativos huyeron despavoridos. Cuando volvieron a reunirse al otro lado de la isla, uno de ellos había desaparecido. Su nombre era Dahabea.

Capítulo 4

Al final, se decidió que había que hacer algo. Se ofreció una recompensa de 5.000 libras por la captura de Manuel Ruello, y entonces llegó la impactante noticia de que una nave indescriptible se había hundido en los cayos de la Florida.

Capítulo 5

Se envió un buque a la Florida y entonces supieron qué había pasado. En medio del combate, habían botado un submarino y había cogido lo que quería. Y allí estaba, balanceándose tranquilamente en las aguas del Atlántico, cuando alguien dijo: «John Brown ha desaparecido». Y desde luego que John Brown había desaparecido.

---

[1] La fragata. *(N. del A.)*

Capítulo 6

El encuentro con el submarino y la desaparición de John Brown provocaron nueva excitación entre la gente, y fue entonces cuando se produjo un nuevo descubrimiento. Pero, para hablar de este, es necesario antes tocar una cuestión geográfica. En el Polo Norte existe un inmenso continente formado por suelo volcánico, una de cuyas partes es accesible a los exploradores. Es la llamada Tierra de Nadie.

Capítulo 7

En el extremo sur de la Tierra de Nadie se descubrió una choza, así como algunos otros signos de habitación humana. Entraron sin dilación y allí encontraron, encadenados al suelo, a Griggs, Johns y Dahabea. Estos tres, después de llegar a Londres, se separaron y se fueron, Griggs a Ruralville, Johns a la fragata y Dahabea a Madagascar.

Capítulo 8

Pero el misterio de John Brown seguía sin resolver, por lo que se mantuvo una estricta vigilancia sobre el puerto de Tierra de Nadie, y cuando el buque submarino llegó, y los piratas, uno por uno, y encabezados por Manuel Ruello, abandonaron el barco, fueron reducidos por la fuerza de las armas. Tras la lucha, Brown fue rescatado.

Capítulo 9

Grigg fue recibido regiamente en Ruralville y se dio una cena en honor de Henry Johns, Dahabea llegó a rey de Madagascar y Brown a capitán de su barco.

FIN

Cronología de relatos
de H. P. Lovecraft *

— «The Noble Eavesdropper» (1897?) (*).
— La botellita de cristal (9).
    Título original: «The Little Glass Bottle» (1897).
    Primera publicación: En *The Shuttered Room and Other Pieces*,
    Arkham House, 1959.
— «La cueva secreta» (9).
    Título original: «The Secret Cave or John Lees Adventure» (1898).
    Primera publicación: En *The Shuttered Room and Other Pieces*,
    Arkham House, 1959.
— «El misterio del cementerio» (9).
    Título original: «The Mystery of the Grave-Yard» (1898).
    Primera publicación: En *The Shuttered Room and Other Pieces*,
    Arkham House, 1959.

---

* N. DEL ED.: En esta cronología completa de los relatos de H. P. Lovecraft se re-
cogen los títulos en castellano, según las traducciones realizadas por Editorial Edaf, con
excepción de los textos que no existen o están perdidos que aparecen en su idioma;
los títulos originales, seguidos de la fecha aproximada de creación por parte del autor;
el apartado de primera publicación y, en algunos casos, la referencia a posteriores edi-
ciones, y el nombre de otros escritores cuando se trata de colaboraciones. Para más información remito al lector a las notas a pie de página en el comienzo de los relatos
de los volúmenes de la Biblioteca H. P. Lovecraft, así como a sus introducciones.

— «The Haunted House» (1898/1902) (*).

— «The Secret of the Grave» (1898/1902) (*).

— «John, the Detective» (1898/1902) (*).

— «El buque misterioso» (9).

Título original: «The Mysterious Ship» (1902).

Primera publicación: En *The Shuttered Room and Other Pieces*, Arkham House, 1959.

— «La bestia en la cueva» (3).

Título original: «The Beast in the Cave» (21 de abril de 1905).

Primera publicación: *The Vagrant*, junio de 1918.

— «The Picture» (1907) (*).

— «El alquimista» (3).

Título original: «The Alchemist» (1908).

Primera publicación: *The United Amateur*, noviembre de 1916.

— «La tumba» (3).

Título original: «The Tomb» (junio de 1917).

Primera publicación: *The Vagrant*, marzo de 1922.

— «Dagón» (3).

Título original: «Dagon» (julio de 1917).

Primera publicación: *The Vagrant*, noviembre de 1919.

Aparece en *Weird Tales*, octubre de 1923.

— «Una reminiscencia del doctor Samuel Johnson» (9).

Título original: «A Reminiscence of Dr. Samuel Johnson» (1917).

Primera publicación: *The United Amateur* 17, n.º 2, noviembre de 1917.

— «Polaris» (3).

Título original: «Polaris» (mayo? de 1918).

Primera publicación: *The Philosopher*, diciembre de 1920.

El texto aparece en *The National Amateur*, mayo de 1926.

— «The Mystery of Murdon Grange» (1918) (*).

— «La pradera verde» (2).

Título original: «The Green Meadow» (1918/1919).

Colaboración con Winifred V. Jackson.

Primera publicación: *The Vagrant*, primavera de 1927.

— «La dulce Ermengarde» (9).

Título original: «Sweet Ermengarde» (1919/1925).

Primera publicación: En *Beyond the Wall of Sleep*, Arkham House, 1943.

— «Más allá del muro del sueño» (3).

Título original: «Beyond the Wall of Sleep» (1919).

Primera publicación: *Pine Cones*, octubre de 1919.

Publicado en *Weird Tales*, 1938.

— «Memoria» (9).

Título original: «Memory» (1919).

Primera publicación: *The United Co-operative* 1, n.° 2, junio de 1919.

— «El Viejo Bugs» (9).

Título original: «Old Bugs» (1919).

Primera publicación: En *The Shuttered Room and Other Pieces*, Arkham House, 1959.

— «La transición de Juan Romero» (3).

Título original: «The Transition of Juan Romero» (16 de septiembre de 1919).

Primera publicación: En *A Dreamer's Tales*, Arkham House, 1939.

— «La nave blanca» (3).

Título original: «The White Ship» (noviembre de 1919).

Primera publicación: *The United Amateur*, noviembre de 1919.

Publicado en *Weird Tales*, febrero de 1926.

— «La maldición que cayó sobre Sarnath» (3).

Título original: «The Doom That Came to Sarnath» (3 de diciembre de 1919).

Primera publicación: *The Scot*, junio de 1920.

— «La declaración de Randolph Carter» (3).

Título original: «The Statement of Randolph Carter» (11/27 de diciembre de 1919).

Primera publicación: *The Vagrant*, mayo de 1920.

— «El viejo terrible» (3).

Título original: «The Terrible Old Man» (28 de enero de 1920).

Primera publicación: *The Tryout*, julio de 1921.

Publicado en la revista *Weird Tales*, 1926.

— «El árbol» (3).

Título original: «The Tree» (1920).

Primera publicación: *The Tryout*, octubre de 1921.

— «Los gatos de Ulthar» (3).

Título original: «The Cats of Ulthar» (15 de junio de 1920).

Primera publicación: *The Tryout*, noviembre de 1920.

— «El templo» (3).

Título original: «The Temple» (1920).

Primera publicación: *Weird Tales*, septiembre de 1925.

— «Hechos tocantes al difunto Arthur Jermyn y su familia» (3).

Título original: «Facts Concerning the Late Arthur Jermyn and His Family» (noviembre de 1920).

Primera publicación: *The Wolverine*, marzo/junio de 1921.

Publicado en *Weird Tales*, marzo de 1924, con el título: *The White Ape*.

— «La calle» (3).

Título original: «The Street» (1920?).

Primera publicación: *The Wolverine*, diciembre de 1920.

— «Life and Death» (1920?) (**).

— «La poesía y los dioses» (3).

Título original: «Poetry and the Gods» (1920).

Colaboración con Anna Helen Crofts.

Primera publicación: *The United Amateur*, septiembre de 1920.

— «Celephaïs» (3).

Título original: «Celephaïs» (noviembre de 1920).

Primera publicación: *Rainbow*, mayo de 1922.

— «Del otro lado» (3).

Título original: «From Beyond» (16/18 de noviembre de 1920).

Primera publicación: *The Fantasy Fan*, junio de 1934.

— «Nyarlathotep» (9).
Título original: «Nyarlathotep» (noviembre, 1920).
Primera publicación: *The United Amateur* 20, n.° 2, noviembre de 1920.
— «El grabado de la casa» (3).
Título original: «The Picture in the House» (12 de diciembre de 1920).
Primera publicación: *The National Amateur*, 1920.
— «El caos reptante» (2).
Título original: «The Crawling Chaos» (1920/1921).
Colaboración con Winifred V. Jackson.
Primera publicación: «*The United Amateur*» (1920).
— «Ex Oblivione» (9).
Título original: «Ex Oblivione» (1920/1921).
Primera publicación: *The United Amateur* 20, n.° 4, marzo de 1921.
— «La ciudad sin nombre» (3).
Título original: «The Nameless City» (26 de enero de 1921).
Primera publicación: *The Wolverine*, noviembre de 1921.
Publicado en *Weird Tales*, noviembre de 1938.
— «La búsqueda de Iranon» (3).
Título original: «The Quest of Iranon» (28 de febrero/23 de abril de 1921).
Primera publicación: *The Galleon*, julio/agosto de 1935.
Publicado en *Weird Tales*, marzo de 1939.
— «El pantano de la luna» (3).
Título original: «The Moon–Bog» (marzo de 1921).
Primera publicación: *Weird Tales*, junio de 1926.
— «El intruso» (3).
Título original: «The Outsider» (1921).
Primera publicación: *Weird Tales*, abril de 1926.
— «Los otros dioses» (3).
Título original: «The Other Gods» (14 de agosto de 1921).
Primera publicación: *The Fantasy Fan*, noviembre de 1933.

— «La música de Erich Zann» (3).
Título original: «The Music of Erich Zann» (diciembre de 1921).
Primera publicación: *The National Amateur*, marzo de 1922.
— «Herbert West, Reanimador» (3).
Título original: «Herbert West-Reanimator» (septiembre 1921/
3 de octubre de 1922).
Primera publicación: *Home Blew*, febrero/julio de 1922.
Publicado en *Weird Tales*, 1942.
— «Hypnos» (3).
Título original: «Hypnos» (mayo de 1922).
Primera publicación: *The National Amateur*, mayo de 1923.
— «Lo que nos trae la Luna» (9).
Título original: «What the Moon Brings» (5 de junio de 1922).
Primera publicación: *The National Amateur* 45, n.º 5, mayo de
1923.
— «Azathoth» (3).
Título original: «Azathoth» (junio de 1922).
Primera publicación: *Leaves II*, 1938.
— «El horror de Martin's Beach» (2).
Título original: «The Horror at Martin's Beach» (junio, 1922).
Colaboración con Sonia H. Greene.
Publicado en *Weird Tales*, noviembre de 1923, con el título *The
Invisible Monster*.
— «El sabueso» (3).
Título original: «The Hound» (septiembre de 1922).
Primera publicación: *Weird Tales*, febrero de 1925.
— «El horror oculto» (4).
Título original: «The Lurking Fear» (noviembre, 1922).
Primera publicación: *Home Brew*, enero/abril de 1923.
— «Las ratas en las paredes» (4).
Título original: «The Rats in the Walls» (agosto/septiembre de
1923).
Primera publicación: *Weird Tales*, marzo de 1924.

— «Lo indescriptible» (4).

Título original: «The Unnamable» (septiembre de 1923).

Primera publicación: *Weird Tales*, julio de 1925.

— «Cenizas» (1).

Título original: «Ashes» (1923).

Colaboración con C. M. Eddy, Jr.

— «El devorador de fantasmas» (2).

Título original: «The Ghost-Eater» (1923).

Colaboración con C. M. Eddy, Jr.

Primera publicación: *Weird Tales*, abril de 1924.

— «Los amados muertos» (2).

Título original: «The Loved Dead» (1923).

Colaboración con C. M. Eddy, Jr.

Primera publicación: *Weird Tales*, mayo/julio de 1924.

— «La ceremonia» (4).

Título original: «The Festival» (1923).

Primera publicación: *Weird Tales*, enero de 1925.

— «Sordo, mudo y ciego» (2).

Título original: «Deaf, Dumb, and Blind» (1924?).

Colaboración con C. M. Eddy, Jr.

Primera publicación: *Weird Tales*, abril de 1925.

— «Bajo las pirámides» (4).

Título original: «Under the Pyramids» (febrero/marzo de 1924).

Colaboración con Harry Houdini.

Primera publicación: *Weird Tales*, mayo/julio de 1924.

Anteriormente llamado «Imprisoned with the Pharaohs», el título correcto se ha sacado de un artículo de Lovecraft publicado en *The Providence Journal*, 3 de marzo de 1924.

— «La casa maldita» (4).

Título original: «The Shunned House» (16/19 octubre de 1924).

Primera publicación: folleto de Recluse Press, 1928 (editorial de W. Paul Cook).

— «El horror de Red Hood» (4).

Título original: «The Horror at Red Hook» (1/2 de agosto de 1925).

Primera publicación: *Weird Tales*, enero de 1927.

— «Él» (4).

Título original: «He» (11 de agosto de 1925).

Primera publicación: *Weird Tales*, septiembre de 1926.

— «En la cripta» (4).

Título original: «In the Vault» (18 de septiembre de 1925).

Primera publicación: *The Tryout*, noviembre de 1925.

— «El descendiente» (3).

Título original: «The Descendant» (1926?).

Primera publicación: *Leaves II*, 1938.

— «Aire fresco» (4).

Título original: «Cool Air» (marzo de 1926).

Primera publicación: *Tales of Magic and Mistery*, marzo de 1928.

— «La llamada de Cthulhu» (4).

Título original: «The Call of Cthulhu» (verano de 1926).

Primera publicación: *Weird Tales*, febrero de 1928.

— «Dos botellas negras» (9).

Título original: «Two Black Bottles» (julio/octubre de 1926).

Primera publicación: *Weird Tales*, agosto de 1927.

Colaboración con Wilfred Blanch Talman.

— «El modelo de Pickman» (4).

Título original: «Pickman's Model» (1926).

Primera publicación: *Weird Tales*, octubre de 1927.

— «La llave de plata» (4).

Título original: «The Silver Key» (1926).

Primera publicación: *Weird Tales*, enero de 1929.

— «El extraño caserón en la niebla» (4).

Título original: «The Strange High House in the Mist» (9 de noviembre de 1926).

Primera publicación: *Weird Tales*, octubre de 1931.

— «La busca onírica de la desconocida Kadath» (5).
Título original: «The Dream-Quest of Unknown Kadath» (otoño? 1926/22 de enero de 1927).
Primera publicación: Arkham House, 1943.
— «El caso de Charles Dexter Ward» (5).
Título original: «The Case of Charles Dexter Ward» (enero/ 1 de marzo de 1927).
Primera publicación: *Weird Tales*, mayo/julio de 1941.
— «El color fuera del espacio» (5).
Título original: «The Colour Out of Space» (marzo de 1927).
Primera publicación: *Amazing Stories*, septiembre de 1927.
— «La antigua raza» (1).
Título original: «The Very Old Folk» (2 de noviembre de 1927).
Primera publicación: *Scienti-Snaps*, III, 3, verano de 1940.
— «La última prueba» (2).
Título original: «The Last Test» (1927).
Colaboración con Adolphe de Castro.
Primera publicación: *Weird Tales*, noviembre de 1928.
— «Historia del Necronomicón» (1).
«History of the Necronomicon» (1927).
Publicado como folleto por Wilson H. Shepherd, 1938.
— «La maldición de Yig» (2).
Título original: «The Curse of Yig» (1928).
Colaboración con Zealia Bishop.
Primera publicación: *Weird Tales*, noviembre de 1929.
— «Ibid» (9).
Título original: «Ibid» (1928?)
Primera publicación: *The O-Wash-Ta-Nong* 3, n.º 1, enero de 1938.
— «El horror de Dunwich» (5).
Título original: «The Dunwich Horror» (verano de 1928).
Primera publicación: *Weird Tales*, abril de 1929.
— «El verdugo eléctrico» (2).
Título original: «The Electric Executioner» (1929?).

Colaboración con Adolphe de Castro.
Primera publicación: *Weird Tales*, agosto de 1930.
— «El túmulo» (2).
Título original: «The Mound» (diciembre de 1929/comienzo de 1930.
Colaboración con Zealia Bishop.
Primera publicación: *Weird Tales*, noviembre de 1940.
— «La hechicería de Aphlar» (1).
Título original: «The Sorcery of Aphlar» (1930).
Primera publicación: *The Fantasy Fan*, II, 4, diciembre de 1934.
— «El lazo de Medusa» (2).
Título original: «Medusa's Coil» (mayo de 1930).
Colaboración con Zealia Bishop.
Primera publicación: *Weird Tales*, enero de 1939.
— «El que susurra en la oscuridad» (6).
Título original: «The Whisperer in Darkness» (24 de febrero/ 26 de septiembre de 1930).
Primera publicación: *Weird Tales*, agosto de 1931.
— «En las montañas de la locura» (6).
Título original: «At the Mountains of Madness» (febrero/22 de marzo de 1931).
Primera publicación: *Astounding Stories* (febrero/marzo/abril de 1936).
— «La sombra sobre Innsmouth» (7).
Título original: «The Shadow Over Innsmouth» (noviembre?/ 3 de diciembre de 1931).
Primera publicación: *Astounding Stories*, junio de 1936.
Existen varios párrafos desechados del relato definitivo (*The Acolyte* 2, n.º 2, primavera de 1944). (9)
— «La trampa» (1).
Título original: «The Trap» (final de 1931).
Colaboración con Henry S. Whitehead.

— «Los sueños en la Casa de la Bruja» (7).

Título original: «The Dreams in the Witch House» (enero/ 28 de febrero de 1932).

Primera publicación: *Weird Tales*, julio de 1933.

— «El hombre de piedra» (2).

Título original: «The Man of Stone» (1932).

Colaboración con Hazel Heald.

Primera publicación: *Wonder Stories*, octubre de 1932.

— «Horror en el museo» (2).

Título original: «The Horror in the Museum» (octubre de 1932).

Colaboración con Hazel Heald.

Primera publicación: *Weird Tales*, julio de 1933.

— «A través de las puertas de la llave de plata» (7).

Título original: «Through the Gates of the Silver Key» (octubre de 1932/abril 1933).

Colaboración con Hoffmann Price.

Primera publicación: *Weird Tales*, julio de 1934.

— «Muerte alada» (2).

Título original: «Winged Death» (1933).

Colaboración con Hazel Heald.

Primera publicación: *Weird Tales*, marzo de 1934.

— «Más allá de los eones» (9).

Título original: «Out of the Aeons» (1933).

Colaboración con Hazel Heald.

Primera publicación: *Weird Tales*, abril de 1933.

— «El ser en el umbral» (7).

Título original: «The Thing on the Doorstep» (21/24 de agosto de 1933).

Primera publicación: *Weird Tales*, enero de 1937.

— «El clérigo maligno» (8).

Título original: «The Evil Clergyman» (octubre de 1933).

Primera publicación: *Weird Tales*, abril de 1939.

— «El horror en el cementerio» (2).

Título original: «The Horror in the Burying-Ground» (1933/1935).

Colaboración con Hazel Heald.

Primera publicación: *Weird Tales*, mayo de 1937.

— «El libro» (3).

Título original: «The Book» (final de 1933?).

Primera publicación: *Leaves* II, 1938.

— «El libro negro de Alsophocus» (1).

Título original: «The Black Tome of Alsophocus» (1934).

Continuación de *El libro* por Martin S. Warnes.

— «El árbol en la colina» (1).

Título original: «The Tree on the Hill» (mayo de 1934).

Colaboración con Duane W. Rimel.

— «La batalla que dio fin al siglo» (1).

Título original: «The Battle That Ended the Century» (junio de 1934).

Colaboración con R. H. Barlow.

Primera publicación: folleto editado por R. H. Barlow, 1934.

— «La sombra más allá del tiempo» (8).

Título original: «The Shadow Out of Time» (noviembre de 1934/marzo de 1935).

Primera publicación: *Astounding Stories*, junio de 1936.

— «Hasta en los mares» (2).

Título original: «Till A' the Seas» (enero de 1935).

Colaboración con R. H. Barlow.

Primera publicación: *The Californian*, 1935.

— «Cosmos en colapso» (9).

Título original: «Collapsing Cosmoses» (junio de 1935).

Colaboración con R. H. Barlow.

Primera publicación: *Leaves* 2, 1938.

— «El desafío del espacio exterior» (9).

Título original: «The Challenge from Beyond» (agosto de 1935).

Colaboración con C. L. Moore, A. Merritt, Robert E. Howard y Frank Belknap Long.

Primera publicación: *Fantasy Magazine* 5, n.º 4, septiembre de 1935.

— «La exhumación» (1).

Título original: «The Disinterment» (verano de 1935).

Colaboración: Con Duane W. Rimel.

— «El diario de Alonzo Typer» (2).

Título original: «The Diary of Alonzo Typer» (octubre de 1935).

Colaboración con William Lumley.

Primera publicación: *Weird Tales*, febrero de 1938.

— «El que acecha en la oscuridad» (8).

Título original: «The Haunter of the Dark» (noviembre de 1935).

Primera publicación: *Weird Tales*, diciembre de 1936.

— «En los muros de Eryx» (8).

Título original: «In the Walls of Eryx» (enero de 1936).

Colaboración con Kenneth Sterling.

Primera publicación: *Weird Tales*, octubre de 1939.

— «La noche del océano» (1).

Título original: «The Night Ocean» (otoño? de 1936).

Colaboración con R. H. Barlow.

Primera publicación: *The Californian*, IV, 3, invierno de 1936.

REFERENCIAS BIBLIOGRÁFICAS

(1) *La noche del océano y otros escritos inéditos*, por H. P. Lovecraft, Editorial Edaf, Madrid, 1991.

(2) *El museo de los horrores*, por H. P. Lovecraft, Editorial Edaf, Madrid, 1993.

(3) *El intruso y otros cuentos fantásticos*, por H. P. Lovecraft, Editorial Edaf, Madrid, 1995.

(4)   *La llamada de Cthulhu y otros cuentos de terror*, por H. P. Lovecraft, Editorial Edaf, Madrid, 1997.

(5)   *El horror de Dunwich y otros relatos de los mitos de Cthulhu*, por H. P. Lovecraft, Editorial Edaf, Madrid, 1999.

(6)   *El que susurra en la oscuridad. Las montañas de la locura*, por H. P. Lovecraft, Editorial Edaf, Madrid, 2001.

(7)   *La sombra sobre Innsmouth y otros relatos terroríficos*, por H. P. Lovecraft, Editorial Edaf, Madrid, 2001.

(8)   *El que acecha en la oscuridad y otros cuentos de los Mitos de Cthulhu*, por H. P. Lovecraft, Editorial Edaf, Madrid, 2001.

(9)   *Más allá de los eones y otros escritos*. Editorial Edaf, Madrid, 2002.

(*)   No existe, solo su referencia.

(**) Perdido.